FEDERHERZ
VERLAG

PATRICIA
CHRISTINA

DON'T
KISS THE
Groom

ONE-NIGHT-STAND
MIT FOLGEN

Don't kiss the Groom
One-Night-Stand mit Folgen

Neuauflage

Bildmaterial: Shutterstock, Freepik
Korrektorat: Eva Schremser

ISBN: 978-3-947290-64-2

WIRmachenDRUCK GmbH
Mühlbachstr. 7
71522 Backnang
Deutschland

Federherz Verlag
Süntelstraße 70
31848 Bad Münder
www.federherzverlag.de
Instagram: @federherz.verlag

Er ist Millionär.
Er ist ihr One-Night-Stand.
Nun soll sie seine Hochzeit planen.
Kann das gutgehen?

Schlimmer könnte Emmas erster Auftrag als Wedding-Planner nicht sein. Sie muss die Hochzeit für Luke organisiere – den Mann, mit dem sie erst kürzlich die Nacht verbracht hat. Der attraktive Millionär bringt ihre Welt dabei gehörig aus dem Gleichgewicht. Das Chaos ist perfekt, denn auch für Luke ist die Hochzeit mit seiner Langzeitfreundin viel mehr ein Arrangement als echte Liebe. Er weiß, dass er sein Image kurz vor der Wahl zum Bürgermeister nicht gefährden darf. Selbst dann nicht, wenn Emma ihn mehr reizt, als ihm und seiner mächtigen Familie lieb ist.

Gibt es für Emma ein Happy End, oder holt die bittere Realität sie am Ende wieder ein?

Verboten. Sinnlich. Leidenschaftlich.

Wenn du dich traust zu fühlen – dann ist alles möglich.

Weil Liebe das Schönste ist, das es gibt, und weil ich mir für alle Frauen da draußen wünsche, dass sie ihr Herz öffnen und Liebe in all ihren wundervollen Facetten spüren dürfen.

Glaub an die Liebe und lass dich von ihr leiten!

Deine Patricia Christina

PROLOG

EMMA, 13 JAHRE

2008

»So was wie Liebe gibt es nicht. Du kannst jemanden gernhaben, du kannst mit jemandem Spaß haben und du kannst verletzt werden, wenn du dein Herz nicht schützt«, sage ich schulterzuckend.

Summer schüttelt ihren Kopf und streichelt mir liebevoll über meine Schulter.

»Nein, sag so etwas nicht. Liebe gibt es und vor ihr kannst du dich nicht schützen. Manchmal tut Liebe weh, aber sie ist das Schönste, das es gibt. Liebe kann dich beflügeln, sie kann dich tanzen lassen und sie sorgt dafür, dass du dich lebendig fühlst. Sie ist so wie die Schokostreusel auf dem Vanilleeis, verstehst du Emma?«

Natürlich verstehe ich, was Summer mir erklären will, doch ich schüttle demonstrativ meinen Kopf.

»Sieh dir Mum einmal an. Sieh, was die Liebe aus

ihr gemacht hat. Oder Dad, er ist einfach abgehauen. Wenn das Liebe ist, dann will ich mein Eis ohne Streusel.« Nachdenklich atme ich tief ein und wieder aus.

»Nicht die Liebe ist schuld, das musst du mir glauben. Du findest eines Tages deinen Prinzen. Er wird dich verzaubern und dir helfen, wieder an die Liebe zu glauben. Mit ihm werden die grauen Tage viel bunter, es wird dir Spaß machen, mit deinem Prinzen im Regen zu tanzen und du wirst keine Angst haben, wenn du dich traust, zu fühlen«, versichert Summer ein weiteres Mal und reicht mir ein Eis mit Schokostreuseln, das sie hinter ihrem Rücken hervorgeholt hat.

»Bis dahin verwöhne ich dich mit so viel Eis und Streuseln, dass du mir endlich glauben wirst, dass es für jedes Mädchen einen Prinzen gibt!«

EINS

EMMA

JETZT

»Denkst du wirklich, dass du die Richtige für den Job bist?«, zweifelnd betrachtet mich Sophia, zieht dabei ihre Stirn in Falten und drückt sich von der Küchenanrichte ab. Meine jüngere Schwester muss immer in Bewegung sein, vor allem dann, wenn sie diskutiert. Dabei nutzt sie am liebsten Hände und Füße, um ihr Gegenüber zu überzeugen. Doch mit ihren Überzeugungsversuchen beißt sie bei mir auf Granit. Ich weiß sehr genau, was ich will und was eben nicht.

»Warum denn nicht? Jill braucht jemanden, der ihr in der Agentur unter die Arme greift, und ich, ich brauche einen gut bezahlten Job, bis ich etwas in einer Anwaltskanzlei gefunden habe.«

»Aber Emma, du bist nicht gerade romantisch angehaucht«, versucht Sophia zu erklären und wird bei meinem skeptischen Blick jedoch sofort zurückhaltender. »Ich meine nur, du glaubst doch nicht an die Liebe, an die Ehe und all die Sachen«, stellt sie fest und mustert mich anschließend unsicher. »Oder?«, fragt sie und versucht, doch einen kleinen Hauch Romantik in mir zu finden.

Kopfschüttelnd verneine ich ihre Frage.

»Nein, ich glaube nicht an das Konzept der Liebe. Sie ist einfach eine kluge Erfindung der Natur. Ein Schachzug, um das Überleben unserer Spezies zu sichern, aber es kann ja nicht schaden, in das Business des Heiratsmarktes hineinzuschnuppern.«

Ich ziehe einen Haargummi aus der Tasche meiner Sportleggings und binde damit meine langen blonden Haare zu einem hohen Pferdeschwanz zusammen. Für mich die perfekte Frisur für eine ausgedehnte Laufrunde an diesem warmen Sommerabend.

»Wobei kann es nicht schaden?«, fragt Sophia neugierig und nippt an ihrem Wasserglas, während sie mich keine Sekunde aus den Augen lässt.

»Na ja, dann habe ich eben gleich Kontakt zur Kundschaft von morgen. Von irgendetwas müssen Scheidungsanwälte schließlich auch leben«, sage ich locker. Sophia verschluckt sich an ihrem Wasser und muss wild loshusten. Entsetzt betrachtet sie mich mit ihren dunklen Augen und wirkt, als hätte ich ihr gerade die Beichte des Jahres unter die Nase gerieben. Es tut mir ja leid, wenn ich sie enttäuschen muss und keine Romantikerin bin so wie sie selbst. Der Liebe habe ich vor Jahren abgeschworen. So lebt es sich einfacher. Ich weiß, woran ich bin und kann dadurch nicht verletzt werden.

»Sag mir, dass du nicht so denkst! Bitte nimm mir

nicht den letzten Glauben daran, dass sich ein kleiner Teil in dir nach der wahren Liebe sehnt«, bittet Sophia fast flehend.

Theatralisch verdrehe ich meine Augen und muss ein Kichern unterdrücken, weil Sophia immer noch husten muss.

»Ich will dich wirklich nur ungern enttäuschen, aber ich denke eben nicht, dass es diese wahre Liebe, diese Seelenverwandtschaft, wirklich gibt.«

Sophia schüttelt ihren Kopf und seufzt auf.

»Ich denke, es gibt nette Begegnungen, es gibt Spaß und es gibt Freunde, aber ich denke nicht, dass diese eine Person existiert, die dein Seelenverwandter ist.«

Völlig ungläubig betrachtet mich Sophia mit einem skeptischen Blick.

»Summer hat auch ihr großes Glück mit Alexander gefunden«, protestiert sie. »Gerade Summer sollte doch der beste Beweis dafür sein, dass es die wahre Liebe gibt. Die beiden sind so glücklich zusammen, ihre Hochzeit war märchenhaft und Alexander vergöttert sie«, schwärmt Sophia vom Glück unserer ältesten Schwester und will immer noch nicht aufgeben.

»Ja, Summer hat Glück und ich freue mich für sie. Vielleicht ist Summer die Ausnahme. Ich wünsche es ihr und du wirst auch noch dein Glück finden – und ich, ich bin gar nicht auf der Suche nach Mr Right«, stelle ich schulterzuckend und mit einem neckischen Grinsen fest.

Ich gehe Richtung Vorraum und schlüpfe dort in meine Turnschuhe. Natürlich habe ich es mir gut überlegt und ich weiß, dass es bestimmt Bessere als mich für diesen Job geben könnte. Aber Jill braucht eben dringend jemanden in ihrer Hochzeitsagentur. Eine ihrer Mitarbeiterinnen ist kurzfristig ausgefallen und da komme ich ins Spiel. Denn ich brauche einen Job, bis ich eine freie Stelle in einer Anwaltskanzlei gefunden habe. Eine so schlechte Wahl bin ich außerdem gar nicht, rechtfertige ich mich selbst. Ich bin gut darin, Dinge zu organisieren, ich kann überzeugend sein, ich finde Lösungen und ich bin kreativ, und nur weil ich der Liebe abgeschworen habe, heißt das ja noch lange nicht, dass ich das romantische Konzept der Liebe und all die teuren Dinge, die eine Hochzeit erst zu einer Traumhochzeit machen, nicht an den Mann – in diesem Fall an die zukünftige Braut – bringen kann.

Ich spüre Sophias Blick auf mir, während ich mir meine Schnürsenkel binde und mich schließlich wieder aufrichte.

»Sophia, ich werde meinen Job großartig machen, und keine Sorge, ich werde keiner zukünftigen Braut meine Meinung einimpfen und schon gar nicht eine Hochzeit crashen«, sage ich scherzend. »Und zu mir, ich bin nicht auf der Suche nach einer Kröte, die ich küssen kann und die sich in einen Prinzen verwandelt, ich bin sehr zufrieden so, wie es ist.«

Ich küsse Sophia auf ihre Wange und bin kurz davor zu gehen, als mich Sophias Räuspern noch einmal stoppen lässt.

»Ähm, Emma, es war nicht die Kröte, es war ein Frosch!«

»Was meinst du?«, frage ich irritiert und lasse die Türklinke noch einmal los, um mich zu ihr umzudrehen.

»Na, im Märchen, es war ein Frosch, der sich in einen Prinzen verwandelt hat, keine Kröte, außerdem wurde er nicht geküsst, sondern gegen eine Wand geklatscht und hat sich dann in einen Prinzen verwandelt, das solltest du vielleicht wissen«, meint Sophia und betrachtet mich mit einer Mischung aus Unverständnis und Mitleid. Ihre Augenbrauen wandern dabei ein Stück nach oben und kleine Sorgenfalten bilden sich auf ihrer hübschen Stirn.

»Na gut, dann eben der Frosch. Sophia, es ist alles gut. Ich bekomme das schon hin und wenn es sein muss, zieh ich mir am Wochenende jede Menge schnulzige Komödien mit dir rein, bis du dir ganz sicher bist, dass ich es nicht vermasseln werde.«

»Auch meinen Lieblingsfilm?« Hoffnungsvoll betrachtet mich Sophia, bis ich schließlich bejahend nicke.

»Ja, auch den, versprochen. Bis später und lern du jetzt noch fleißig für deine Prüfung, bevor du dir dein hübsches Köpfchen meinetwegen zerbrichst. Heute Abend werden wir ausgehen und Spaß haben.«

Damit laufe ich die Stockwerke unseres Wohnhauses hinunter, anstatt den Lift zu nehmen. Vor dem Haus biege ich in die 60. Avenue ein und laufe Richtung eines kleinen Parks, der nicht weit von der Universität entfernt liegt. Hier habe auch ich Jura studiert, bis ich vor zwei Monaten mein Studium erfolgreich abgeschlossen habe. Seitdem bin ich auf der Suche nach einer passenden Kanzlei, in der ich arbeiten kann. Alexander, Summers Ehemann, hat mir eine Stelle in seinem Imperium angeboten, doch ich möchte Privates und Geschäftliches strikt voneinander trennen. Da bin ich sehr konsequent und möchte keine Ausnahme machen. Ich will den Leuten beweisen, dass ich wirklich etwas draufhabe und nicht wegen irgendwelcher Verbindungen einen Job als Anwältin bekommen. Bei Jill ist es etwas anderes, auch wenn sie meine Freundin ist. In ihrer Wedding-Planner-Agentur werde ich nur so lange aushelfen, bis ich einen anderen Job bekommen habe. Außerdem hat mir Summer all die Jahre schon genug geholfen. Sie war mein sicherer Hafen, mein Anker und meine engste Vertraute neben Sophia. Sie kümmerte sich um mich und meine Schwester, weil unsere Mutter es selbst nicht schaffte. Nicht schaffte – weil für sie Drogen, Alkohol und Männer stets an erster Stelle standen. Für meine Mutter waren meine Schwestern und ich viel mehr eine Last als eine Freude. Mütterliche Gefühle waren ihr fremd. Leider kann ich mich kaum an eine Zeit erinnern, in der Mum nicht dem Alkohol verfallen war. So weit meine Erinnerungen zurückreichen, war meine Kindheit vom Alkoholkonsum meiner Mutter geprägt. Meinen eigenen Vater kenne ich nicht. Ich weiß kaum etwas über ihn. Er soll irgendwo hier in dieser riesigen Stadt leben und noch vor meiner Geburt das Weite gesucht haben, genauso wie die Väter von Sophia und Summer. Keine von uns kennt ihren leiblichen Vater, es gab immer nur uns drei. Wenn ich nicht einmal für meinen eigenen Vater wichtig genug war, dass er blieb oder mich zumindest kennenlernen wollte, warum sollte ich dann für irgendeinen anderen Mann einen so hohen Stellenwert erhalten? Die Enttäuschung darüber, dass es so ist, wie ich vermute, kann ich mir getrost ersparen. Und Enttäuschungen habe ich in meiner Kindheit schon genug erlebt. Ich weiß eben wie die meisten Männer ticken. Dank meiner Mutter und ihrem Männerverschleiß habe ich unzählige Exemplare kennengelernt. Ich durfte ihnen dabei in allen ihren schrecklichen Facetten begegnen. Da gibt es die Typen, die gleich von Anfang an ihr grausames Gesicht zeigen. Diese Sorte versucht nicht einmal sich zu verstellen. Hier wirst du für jeden falschen Blick sofort bestraft. Du hast Angst, etwas falsch zu machen, weil du weißt, was dich erwarten wird. Dafür schmieren sie dir keinen Honig ums Maul und du wirst weniger enttäuscht als bei der zweiten Sorte. Die zweite und schlimmste Sorte aber sind die, die alle täuschen, weil sie so tun, als wären sie tatsächlich welche von den Guten. Sie sind am Anfang zuckersüß, sie wirken nett und freundlich. Du vertraust ihnen, beginnst sie zu mögen und sie in dein Leben zu lassen. Die Enttäuschung ist hier noch viel schlimmer, wenn sie schließlich ihr wahres Gesicht zeigen, und das werden sie. Das tun sie alle. Irgendwann zeigen sie, wer sie wirklich sind, egal wie nett und freundlich sie wirkten. Es geht rau her bei Männern dieser Sorte. Schläge und Erniedrigungen stehen bei ihnen an der Tagesordnung. Am widerlichsten sind die, die nicht einmal vor Kindern haltmachen. Die, die sich nachts in dein Bett schleichen. Beim Gedanken daran überfällt meinen Körper Jahre später noch immer eine Gänsehaut. Zum Glück war Summer damals da und hat mich vor diesem Schwein gerettet, noch bevor er seine schmutzigen Hände an mich legen konnte. Sie zwang Mum, ihn vor die Tür zu setzten, ansonsten hätte sie die Polizei gerufen. Das Gute an solch einer Kindheit ist, dass man abstumpft. Dinge verlieren an Bedeutung und man wird härter. Das ist einer der Gründe, warum ich mich seit Jahren mit One-Night-Stands und lockeren Treffen begnüge. Wenn ich keinen Mann an mich heranlasse, kann er mich erst gar nicht in die Enttäuschung stürzen. Mein Weg ist nicht für alle nachvollziehbar und das muss er auch gar nicht sein. Ich bin zufrieden so, wie es ist. Ich habe meine Schwestern und meine beste Freundin Jill, das reicht mir, um glücklich zu sein.

Ich schüttle die Gedanken an früher ab, konzentriere mich auf die Musik aus meinen Ohrstöpseln und erfreue mich an der schönen Umgebung. Wenn ich durch den Park laufe, habe ich manchmal das Gefühl, ich würde irgendwo auf dem Land leben. In meiner Fantasie beame ich mich an einen fernen Ort. Ich sehe Berge, den Strand, das Meer und ich spüre die Freiheit. Das Wetter ist traumhaft schön, die Luft ist warm, aber nicht unerträglich heiß, wie es oft sonst im Juni schon der Fall sein kann.

Doch plötzlich überkommt mich ein eigenartiges Gefühl. Ich drehe mich um und blicke in alle Richtungen. Ich habe den Eindruck, irgendjemand würde mich beobachten, so als hätte ich einen Schatten, der mich verfolgt. Dieses Gefühl hatte ich in der letzten Zeit öfter, doch immer, wenn ich mich umdrehe, ist da niemand. Manchmal glaube ich, ich bilde mir das Ganze nur ein. Dazu kommen die anonymen Anrufe, die selbst dann nicht endeten, als ich meine Telefonnummer wechselte. Wer auch immer versucht, mich zu verunsichern, muss auch derjenige sein, der meine aktuelle Nummer herausgefunden hat. Das Ganze ist ziemlich unheimlich, aber ich werde mich davon bestimmt nicht unterkriegen lassen. Ich habe schon genug in meinem Leben erlebt. Wer auch immer mich fertig machen will, kennt meine wahre Stärke nicht.

Das Laufen tut mir gut und bringt mich auf andere Gedanken. Vorbei an dem kleinen See, den Bänken und den Tischen, an denen sich die ältere Generation zum täglichen Stelldichein trifft, laufe ich weiter Richtung Spielplatz, von dem mir lautes Kinderlachen entgegenkommt. Ich biege bei der kleinen Gabelung ab und laufe zurück in Richtung unserer Wohnung.

Kurz vor der Straßenkreuzung ziehe ich mein Handy aus meiner Hosentasche und stelle eine Playlist für die restliche Strecke ein. Musik war es immer schon, die mich motivierte und mich dazu brachte, über meine Grenzen hinauszuwachsen.

. . .

Ich vergewissere mich, dass die Ampel grün ist, laufe los und stecke mein Handy in meine Hosentasche zurück.

Plötzlich geht alles ganz schnell. Ich hebe meinen Blick wieder, sehe einen Truck, der versucht, vor mir zu bremsen. Ich höre die quietschenden Reifen des Fahrzeugs, das eine Vollbremsung hinlegt, und fühle mich wie erstarrt, nicht fähig, mich von der Stelle zu bewegen. Es sind nur Millisekunden, doch plötzlich packt mich jemand ruckartig von hinten und zieht mich blitzschnell auf den Gehweg zurück. Der Truck vor mir bleibt erst auf dem Zebrastreifen stehen, und ich weiß, hätte mich, wer auch immer, nicht gerade von hier weggezogen, dann wäre ... doch ich kann meinen Gedanken gar nicht zu Ende denken, als eine dunkle Stimme von hinten in mein Ohr dringt.

»Alles in Ordnung?«, kommt es nun endlich bei mir an, doch ich bin immer noch nicht fähig zu antworten und das liegt nicht vorrangig an dem Schock über das, was gerade eben fast passiert wäre. Die Stimme meines Retters beschert mir eine Gänsehaut, die meinen ganzen Körper entlangwandert. Mechanisch drehe ich mich um und muss dann zum ersten Mal in meinem Leben schwer schlucken, weil mein Herz plötzlich in einer Geschwindigkeit schlägt, die mir den Atem raubt.

Wunderschöne dunkelblaue Augen mustern mich eindringlich. Augen in einem Blau, wie ich es noch nie zuvor gesehen habe. Er hat ein wunderschönes Gesicht, dunkelbraune Haare und einen dunklen Dreitagebart.

»Alles in Ordnung?«, möchte der Mann erneut wissen und lässt seine Hand wieder von meiner Schulter gleiten, während sein Blick keine Sekunde von mir abschweift.

»Danke«, bringe ich gerade so heraus und räuspere mich, um meiner Stimme mehr Kraft einzuhauchen.

»Ich war wohl genau zur richtigen Zeit am richtigen Ort«, sagt er völlig selbstlos und steigt auf meiner imaginären Treppe unwillkürlich mindestens noch zwei Stufen höher. *Verstand an Herz – Männer gibt es nur für ein paar schöne nette Stunden,* erinnere ich mich und reiße meinen Blick von seinen faszinierenden, blauen Augen los.

»Danke noch mal«, wiederhole ich mich und versuche, die Fassung über meinen Körper zurückzubekommen.

Das hektische Treiben New Yorks setzt wieder ein, Menschenmassen strömen über die Straße, schieben und drücken uns beiseite. Der Fremde und ich behindern immer noch den halben Gehweg. Der Truckfahrer ist bereits davongedüst und hat sich aus dem Staub gemacht. Doch ich fühle mich immer noch vollkommen überrumpelt und unsicher wie noch nie zuvor in meinem Leben.

»Also«, beginne ich und deute Richtung Straßenübergang. »Ich muss dann nach Hause, danke noch mal für meine Rettung«, sage ich und setze zum

Gehen an, als er mich an meiner Hand daran hindert.

Ich lasse meinen Blick erneut an ihm auf- und abwandern. Der unbekannte Retter trägt einen dunkelblauen Anzug und sieht aus wie ein Geschäftsmann, der hier gerade einen Termin hatte. Er dürfte eine Spur älter sein als ich. Ich schätze ihn auf Anfang dreißig. Doch was meinen Hormonen gerade so zusetzt, ist die Tatsache, dass er verdammt attraktiv ist. Ich spüre, wie meine Wangen zu glühen beginnen.

Was ist das für eine schräge Begegnung?

»Erfahre ich noch deinen Namen?«, möchte er wissen, nachdem er wieder von mir abgelassen hat.

Seine Augen beginnen zu strahlen und ein neckisches Grinsen legt sich auf seine schönen Lippen.

»Meinen Namen – ja, ich, ich bin Emma«, sage ich und strecke ihm meine Hand entgegen.

»Luke«, sagt er mit seiner dunklen männlichen Stimme, die erneut dafür sorgt, dass eine Gänsehaut meinen Körper überfällt.

Es fühlt sich fast wie ein elektrischer Blitz an, der meinen ganzen Körper durchzuckt, als sich unsere Hände berühren. So ein eigenartiges Gefühl hatte ich noch nie – und so ein Gefühl will ich definitiv nicht spüren.

»Also, ich muss weiter«, sage ich hastig, löse meine Hand aus unserer Berührung und laufe los.

Ich laufe und laufe, versuche, nicht nachzudenken und mich auf keine Fall nach ihm umzudrehen.

ZWEI

EMMA

»Alles klar?«, möchte Sophia wissen, nachdem ich gerade eben fast einen halben Liter Wasser getrunken und danach einen tiefen Atemzug genommen habe.

Stumm nicke ich und versuche, mir nichts anmerken zu lassen über das, was gerade eben passiert ist. Eine so eigenartige Begegnung hatte ich in meinen ganzen fünfundzwanzig Lebensjahren noch nicht. Da war etwas zwischen uns, etwas, das ich ganz sicher nicht spüren möchte. Das ich nicht spüren will, weil es plötzlich viel zu viel in mir regte. Ein unheimliches Gefühl, das in meiner Magengrube endete. Fast wie ein Kribbeln, das da spürbar war und noch immer spürbar ist. Bestimmt liegt das an dem Schock, weil mir mein Leben in der allerletzten Sekunde gerettet wurde. Je länger ich darüber nachdenke, desto klarer wird es mir. Es lag definitiv an dem Schock

Ja, das war definitiv der Grund, beruhige ich mich und erkläre mir alles mit einem Ausstoß an Adrenalin, das durch meinen Körper geschossen ist. Davon habe ich doch schon oft gehört. Menschen, die unter Schock stehen, können schon einmal weiche Knie bekommen. Natürlich könnte man das auch als Schmetterlinge im Bauch erklären und dieser Unbekannte hatte wirklich schöne Augen ...

»Emma?«, fragt Sophia erneut und reißt mich aus meinen Gedanken.

Ich schüttle meinen Kopf, so als wolle ich meine Gedanken wieder ordnen, und lächle schließlich, um mir nichts anmerken zu lassen.

»Ja, doch, alles in Ordnung. Ich hatte gerade eben nur echt verdammtes Glück.«

»Was ist denn passiert?«, möchte sie wissen und lehnt sich an der Küchenanrichte neben mich.

»Ein Truckfahrer hat die rote Ampel nicht gesehen und erst in letzter Sekunde gebremst. Ich hatte echt Glück, es hat nicht viel gefehlt und ich wäre über den Haufen gefahren worden. Da war ein Mann und er hat mich vor dem Truck gerettet,« erzähle ich kopfschüttelnd.

Sophias Blick ist voller Besorgnis. »Weißt du, wie froh ich bin, dass es dir gut geht?« Sophia schlingt ihre Arme um mich und zieht mich in eine enge Umarmung. »Ich habe dich lieb«, schnieft sie und löst sich erst nach gefühlt zehn Minuten wieder von mir.

»Ich habe dich auch lieb, Sophia«, versichere ich und streichle liebevoll über ihren Rücken »Und jetzt denken wir nicht mehr daran. Ich werde noch schnell unter die Dusche hüpfen, in einer Stunde müssen wir los, um rechtzeitig bei Alexanders Party zu sein.«

»Ach, und Emma«, stoppt mich Sophia, bevor ich ins Badezimmer gehen möchte.

»Ja?«

»Sieh mal, die Blumen hier wurden für dich abgegeben.« Sophia deutet auf einen Strauß Rosen, der im Wohnzimmer in einer Vase steht.

»Von wem die wohl sind?« Neugierig mustere ich die Blumen und ziehe eine Karte aus dem Strauß heraus. In letzter Zeit bekomme ich häufig kleine Aufmerksamkeiten, ohne dass sich der Absender zu erkennen gibt.

Ich denke jede Minute an dich, ich kann nicht genug von dir bekommen. Du fragst dich sicher, von wem die Blumen sind, ich bin dir schon so lange nah und ich wünschte, du würdest meine Liebe erwidern!
Dein Mister Unbekannt

»Und, von welchem deiner Verehrer ist die Karte? Spann mich nicht so auf die Folter!«, beschwert sich Sophia und stupst mir in meine Rippen.

»Sei nicht so neugierig, Schwesterherz. Die Rosen sind nur von einem Freund«, sage ich augenverdrehend und stecke die Karte wieder zurück.

Nicht der erste Versuch eines One-Night-Stands,

mich zu *mehr* zu überreden. Doch da bleibe ich meiner eigenen Regel treu, egal von wem die Karte auch immer ist.

»Das spielt doch sowieso keine Rolle, du kennst meine Regeln«, sage ich schulterzuckend und lasse Sophia samt den Blumen im Wohnzimmer allein zurück, um ins Badezimmer zu gehen.

Nachdem ich die letzten Monate jeden Abend im Sky Seasons, einer Bar, als Aushilfe gejobbt habe, bin ich froh, am Montag in Jills Agentur zu starten. Sie hat mich diese Woche schon geschult und mit allem Wesentlichen vertraut gemacht. Dank ihrer genauen Einarbeitung bin ich sicher, für Montag gut vorbereitet zu sein – da kann mich nichts mehr aus dem Konzept bringen.

Ich drehe das Wasser in der Dusche auf, steige zuerst mit einem Zeh und schließlich mit meinem ganzen Körper darunter, lasse das warme Wasser auf meine langen blonden Haare treffen und schließe meine Augen. Für einen kurzen Moment lasse ich meiner Fantasie freien Lauf, als ein Bild von diesem Luke auftaucht. Der ominöse Mann, mein Retter von heute, spukt mir erneut im Kopf herum. Seine blauen Augen, die je nach Lichteinfall und Mimik dunkler oder heller wirkten und dann noch seine sinnlichen Lippen. All das sorgt dafür, dass mein Herz einen weiteren Takt schneller klopft.

Was ist nur los mit mir?, frage ich mich, als mein

Handy im Badezimmer piepst und mich aus meinen Gedanken holt.

Reiß dich zusammen, Emma, sage ich zu mir und verbiete mir jeglichen Gedanken an ihn.

Ich wasche meine Haare und wickle anschließend ein Handtuch um meinen Kopf. Von draußen dringen Wortfetzen von unserem Mitbewohner und wahrscheinlich einer seiner Bekanntschaften zu mir ins Badezimmer herein. Ich schlüpfe in meinen Bademantel und entriegle mein Handydisplay, um die Nachricht zu lesen.

Nachricht:
von: Adrian
an: Emma
Hallo schöne Frau, ich habe lange nichts mehr von dir gehört. Was hältst du von einem Kinobesuch morgen Abend?
Adrian

Nachricht:
von: Emma
an: Adrian
Kino klingt gut, such einen Film raus. Ich bin dabei!
XO Emma

Adrian – das klingt nach einem schönen und bestimmt aufregenden Abend und ein bisschen Spaß ist ganz sicher nicht verkehrt. Für einen lockeren Abend ist Adrian genau der Richtige. Wir kennen uns seit dem Studium und ihm liegt es mindestens genauso wie mir, Gefühle und Vergnügen voneinander zu trennen. Das hat er in der letzten Zeit vorbildlich gezeigt. Wir hatten im letzten Jahr ein paar Treffen, die über die normale Freundschaftslinie hinaus gingen, und doch sind wir zu meinem Glück weiterhin gute Freunde. Gute Freunde, die dem jeweils anderen angenehme Dienste erweisen. Eine lockere Affäre, wenn man es so nennen will, und eine Affäre ist immer besser als eine richtige Beziehung. Vor allem, weil sie unverbindlich ist und auf nichts hinauslaufen wird.

Ich style meine blonden Haare und trage Make-up auf. Für den heutigen Abend im Club darf es auch etwas mehr sein. Meine dunklen Augen betone ich mit einem Lidschatten und meinen Wangenknochen verleihe ich etwas Glanz. Nachdem mein Make-up sitzt, schlüpfe ich in mein Lieblingskleid und bin bereit für den heutigen Abend. Die ganze Woche freue ich mich schon auf die Party und vor allem darauf, meine Schwester und meine Freundin Jill wiederzusehen. Sie alle sind beruflich sehr eingespannt und ich bekomme sie weniger zu Gesicht. Summer und Alexander waren jetzt längere Zeit mit einem Wohnmobil ganz unkonventionell unterwegs. Die beiden haben die innige Zweisamkeit sehr genossen und ich bin gespannt auf die Geschichten, die sie zu erzählen haben werden. Obwohl Alexander zu den wohlhabendsten Menschen in Amerika gehört, ist er so bodenständig geblieben.

Noch einmal drehe ich mich vor dem Spiegel und bin ganz zufrieden mit meinem Erscheinungsbild. Ich freue mich wirklich sehr auf den Abend mit meinen Schwestern und kann es kaum erwarten, wieder einmal auszugehen.

Die Party ist bereits in vollem Gange, als Sophia und ich eintreffen. Vor dem Club hat sich eine große Schlange gebildet, in der die Feierwütigen auf ihren Einlass warten. Immer dann, wenn die Türen des Clubs aufgehen, dringt uns laute stimmungsvolle Musik entgegen. Es ist ein lauer Sommerabend, einer, an dem du das Gefühl hast, es pulsiert vor Leben in der Stadt, die niemals schläft. Von einem der Security-Mitarbeiter werden wir an der Menschenmenge vorbeigelassen und sofort in den Club geführt.

Drinnen ist die Stimmung bereits auf ihrem Höhepunkt. Vor allem Freunde und Geschäftspartner von Alexander und Summer sind eingeladen, um den Abend ordentlich zu feiern.

Nachdem wir den Club betreten haben, sehe ich sofort Summer, die strahlend auf uns zukommt. Summer, Sophia und ich – wir waren immer schon ein Dream-Team und ich könnte mir ein Leben ohne meine Schwestern nicht vorstellen.

»Summer, schön dich zu sehen«, sage ich und schließe meine ältere Schwester in meine Arme.

Ich drücke mich liebevoll an Summer, wobei mich ihre blonden Locken an meiner Nase kitzeln und ich atme ihren ganz besonderen Duft ein.

»Du siehst toll aus«, stelle ich pfeifend fest, als ich mich wieder von ihr gelöst habe.

Summer trägt ein Kleid, das mit goldenen Pailletten bestickt ist und ihren Rücken frei lässt. Ihre wunderschönen Locken fallen darüber und ihr glückliches Strahlen lässt auch mein Herz hüpfen. Nichts stimmt mich glücklicher, als meine Schwestern glücklich zu sehen. Vor allem Summer hat es mehr als verdient. Sie hat sich damals um uns gekümmert und so etwas wie die Mutterrolle für Sophia und mich übernommen. Wenn Summer nicht für uns da gewesen wäre, dann wüsste ich nicht, was aus uns geworden wäre. Summer war es, die uns das Gute zeigte, die uns Liebe erfahrbar machte und die dafür sorgte, dass wir genug lernten, etwas Ordentliches zu essen hatten und das Gefühl von Familie spürten. Lange war mir nicht bewusst, was Summer alles für uns aufgab. Ihre Schulbildung, eine ordentliche Ausbildung und ein eigenes Leben. Sie kümmerte sich um uns, arbeitete jahrelang als Escort-Dame und lebte am Existenzminimum, nur um uns ein besseres Leben zu bieten.

Doch dann meinte es das Schicksal gut mit ihr. Sie und Alexander fanden nach Jahren der Trennung wieder zusammen. Er rettete sie und gab ihr all die Möglichkeiten, die sie sich immer erträumt hatte.

»Alexander schmeißt wirklich die besten Partys«, sage ich anerkennend, nachdem sich auch Sophia und Summer begrüßt haben, und lasse meinen Blick begeistert im Raum umherwandern.

Die Location könnte stylischer nicht sein. Der ganze Club ist in einem edlen Goldton gehalten, dessen Farben sich in allen Bereichen widerspiegeln. Angefangen von der Tischdekoration, über die Wandgestaltung bis zu den goldenen Schirmchen, mit denen die Cocktails optisch verschönert werden.

»Das liegt ihm wirklich«, sagt Summer schmunzelnd.

»Oh mein Gott«, entkommt es Sophia kreischend. »Ist das nicht Tyler Gerrit, *der* DJ schlechthin?«

»Ja, das ist Tyler, er ist ein Freund von Alexander«, bestätigt Summer, worauf Sophias Augen noch größer werden.

»Nein, im Ernst? Alexander kennt Tyler Gerrit?« Völlig baff blickt Sophia erneut zur Bühne. Summer und ich können unser Schmunzeln nicht zurückhalten.

»Ich kann dir gerne später ein Treffen mit ihm organisieren«, schlägt Summer vor.

»Summer, du bist die Beste. Ich möchte ihn unbedingt treffen, ich bin ein Riesenfan«, kreischt Sophia erneut aufgeregt und wirbelt Summer in eine freudige Umarmung.

Genau dafür liebe ich die beiden – Summer, die versucht, andere glücklich zu machen, und dafür immer schon so selbstlos war, und Sophia, die mit ihren dreiundzwanzig Jahren ihr Herz auf ihrer Zunge trägt und vor lauter Lebensfreude sprudelt.

»Hallo ihr beiden«, begrüßt uns Alexander freundlich und legt seinen Arm liebevoll um Summer.

Es ist so schön zu sehen, wie verliebt die beiden auch ein Jahr nach ihrer Hochzeit immer noch sind.

»Wir sehen uns dann später noch, wir sollten uns noch ein bisschen um die anderen Gäste kümmern«, schlägt Summer vor, nachdem uns die beiden kurz von ihrem Abenteuer erzählt haben. Die Reise muss laut Summer richtig toll gewesen sein. Mit dem Wohnwagen sind sie die gesamte Küste abgefahren und haben einsame Strände nur für sich allein genossen.

»Und wir erkunden jetzt mal diesen großartigen Club«, werfe ich ein und schnappe mir Sophia.

Neben einem großen Bereich zum Tanzen gibt es einige Stehtische, eine Bar, die sich über den gesamten Club erstreckt und die Bühne, auf der der DJ sein Können zum Besten gibt. Eine Tatsache, aufgrund der ich Sophia heute bestimmt nicht mehr weit von der Bühne wegbekommen werde. Beschwingt bewegt sie sich zur Musik, hat zu ihrer Verstärkung nun Lola, Alexanders Schwester, an ihrer Seite, die mindestens genauso sehr für den DJ schwärmt wie meine jüngere Schwester.

Neben Summer, Alexander, Sophia und Lola, kann ich nun endlich meine beste Freundin Jill erkennen, die schnurstracks auf mich zumarschiert und mich mit einem Kuss auf meine Wange begrüßt.

Jill hat Feuer und dafür liebe ich sie. Sie ist seit acht Jahren an meiner Seite. Mit Jill habe ich mehr erlebt, als ich meinen Schwestern erzählen kann. Sie kennt mich in- und auswendig. Sie kennt meinen Hang zu One-Night-Stands genauso gut, wie meine innerliche Angst vor Nähe. Sie ist das komplette Gegenteil von mir und das nicht nur optisch. Durch ihre lateinamerikanischen Wurzeln hat sie wunderschöne dunkle Augen und dunkelbraune Haare. Sie glaubt an die Liebe, an die Ehe und an das Glück, das zwei Menschen zusammen finden können. Nicht umsonst ist sie stolze Besitzerin eines Wedding-Planner-Büros und organisiert die schönsten Hochzeiten. Mit ihren sechsundzwanzig Jahren ist sie so organisiert, wie es manche mit über dreißig noch nicht schaffen würden zu sein, und sie kennt alle Tricks, um aus einer Hochzeit eine Traumhochzeit zu machen. Sie hat auch Summers und Alexanders Hochzeit, die richtig märchenhaft war, organisiert.

Jill weiß, dass ich nicht an die Liebe glaube. Dennoch weiß sie meint Talent, Dinge zu organisieren, zu schätzen. Eine Fähigkeit, die in ihrem Business benötigt wird. Sie brauchte dringend jemand, der ihr unter die Arme greift, bis sie eine zusätzliche Assistentin gefunden hat.

»Du siehst toll aus, Emma!«, stellt sie fest und blickt an mir auf und ab.

»Und du erst«, sage ich lachend und drücke ihr noch einen Kuss auf ihre Wange.

»Na ja, wenn man schon einmal zu einer Party wie

dieser eingeladen wird, dann muss man sich doch ein bisschen in Schale werfen«, meint Jill lächelnd.

»Lass uns tanzen«, schlage ich vor und ziehe Jill mit mir mit.

Die Tanzfläche ist gut gefüllt und die lockere Stimmung ist spürbar. Das Gefühl und der Beat springen sofort über. Der DJ ist begnadet, er wählt genau die richtigen Lieder, die uns beide in Tanzstimmung bringen. Mit Jill ist es einfach, wir verstehen uns blind und sie gehört neben meinen Schwestern zu den wichtigsten Menschen in meinem Leben. Jill und ich tanzen ausgelassen zusammen. Wir bewegen uns zum Rhythmus der Musik und singen viel zu laut mit – genau so, wie ein toller Abend unter Freunden sein soll. Wir lassen unsere Körper vom Beat der Musik übernehmen, ich spüre, wie Lust in meinem Körper überschwappt. Ein Gefühl, sich richtig lebendig zu fühlen, und genauso ausgelassen tanzen wir zusammen. Diese Energie, dieses Pulsieren, die Menschenmenge, die feiert und happy ist, waren immer schon ansteckend, und ich liebe es. Ich liebe dieses Gefühl, wenn dieser Funke auf einen überspringt und man Teil dieses Ganzen wird. Dann gelingt es mir, für einen Moment alles rund um mich zu vergessen und ganz in das Leben einzutauchen.

»Ich brauche dringend mal eine Pause«, meint Jill nach unserem Tanz-Workout und wischt sich den imaginären Schweiß von ihrer Stirn. Eine Pause könnte wirklich nicht schaden und ich sehne mich nach einem guten Getränk.

»Gut, da bin ich dabei und gegen einen weiteren Cocktail habe ich auch nichts einzuwenden. Du musst mir außerdem unbedingt noch von deinem geheimen Lover erzählen.« Herausfordernd zucke ich mit meinen Augenbrauen und lächle neckisch.

»Emma, er ist nicht mein Lover.«

Wieder grinse ich und zucke mit meinen Schultern. »Na ja, er könnte aber dein Lover werden.«

»Im Ernst, er ist süß und mehr weiß ich noch nicht von ihm«, sagt Jill schulterzuckend.

»Ernsthaft?«, echauffiere ich mich gespielt und verdrehe theatralisch meine Augen. »Ehrlich, sprich ihn an, du hast nichts zu verlieren.«

»Nein, nein, das auf keinen Fall, aber du kennst mich. Mir liegt es, anderen ihren schönsten Tag im Leben zu bescheren, aber was mich angeht, bin ich wohl einfach zu schüchtern, und dabei glaube ich sehr wohl an die wahre Liebe«, verteidigt sich Jill und nippt an ihrem Cocktail. »Und außerdem«, sagt sie amüsiert »habe ich meine Unschuld zu verlieren.«

Das ist ein alter Hut zwischen uns. Jill ist mit ihren sechsundzwanzig Jahren immer noch Jungfrau und sie würde die Sache gerne hinter sich bringen. Doch jedes Mal, wenn sie einen Typen trifft, hat sie etwas an ihm auszusetzen. Sie ist wohl auf der Suche nach einem Prinzen, den es im echten Leben aber einfach nicht gibt. Es gibt keinen Kerl ohne Macken und damit muss man sich abfinden. Ab dem Zeitpunkt der Akzeptanz lebt es sich wahrlich einfacher.

Als es bereits nach Mitternacht ist, und Jill und ich mittlerweile aufgehört haben unsere Cocktails zu zählen, tippt mir plötzlich jemand auf meine Schulter.

Zuerst reagiere ich nicht, weil ich heute mindestens schon zehnmal mit derselben Tour angemacht wurde, doch wer auch immer hinter mir steht, gibt nicht auf und tippt mir erneut auf meine Schulter. Gegen Spaß habe ich im Grunde gar nichts einzuwenden, doch irgendwie mangelt es da heute an Männern, die mich wirklich reizen würden.

In meinem Kopf überlege ich mir bereits einen Spruch, um, wen auch immer, abzuweisen, als ich mich umdrehe und dann plötzlich IHN entdecke.

Mr Mich-in-seinen-Bann-ziehend persönlich – LUKE.

DREI

EMMA

»Luke«, bekomme ich gerade so heraus, weil ich völlig verdattert über seine Anwesenheit hier bin, und das, obwohl ich normalerweise selbstbewusst und sicher rüberkomme.

Luke steht hier, in einem dunklen Hemd, einer lässigen Bluejeans und mit einem breiten Grinsen, das sein attraktives Gesicht noch hübscher wirken lässt. Seine dunkelblauen Augen wirken in dem dumpfen Licht des Clubs noch dunkler, aber auf keinen Fall weniger anziehend als bei Tageslicht. Im Schlepptau hat er drei Freunde, die sich rund um uns versammelt haben.

»Dann bist du es tatsächlich«, sagt er grinsend und lehnt sich lässig an die Bar, nur wenige Zentimeter von mir entfernt.

So nahe, dass mich sein einzigartiger Duft trifft und mir ein feines Kribbeln in meinem Unterleib beschert. Stopp – ermahne ich mich. Was ist nur los mit mir? Ich kenne das Gefühl der sexuellen Anziehung, das ein Mann in mir auslöst, ich kenne das Gefühl der Lust in meinem Unterleib, aber ein solches Flattern, das sanft durch meine Magengrube wandert, ist mir dabei völlig fremd. So fremd, dass es mir Angst macht. Angst, weil es plötzlich auch bis zu meinem Herzen überspringt, das einen Takt schneller klopft und mich völlig aus der Bahn wirft.

Krieg dich in den Griff – ermahne ich mich, blicke kurz zu Boden und dann wieder in sein Gesicht.

»Ja, tatsächlich – ich bin es«, sage ich, nachdem ich die Fassung über mich zurückbekommen habe, den vielen Cocktails sei Dank.

Er kann einer von vielen sein, besänftige ich die Seite in mir, die ihn unbedingt will und die so dümmlich lächelt, dass ich mich dafür am liebsten selbst bestrafen würde.

»Das freut mich«, sagt er mit einem spitzbübischen Grinsen auf seinen Lippen, greift nach meiner Hand und haucht mir einen Kuss auf meine Fingerknöchel.

Wow, was war das gerade? Ein gespenstischer Schauer läuft mir über meinen Rücken und ich spüre, wie mir das Feuer in meinen Wangen schießt. Seine Kumpel rund um uns machen das Ganze keinesfalls besser, ich fühle mich wie auf dem Präsentierteller.

»Ich, wir, wir müssen mal kurz. Wir kommen gleich zurück«, unterbreche ich diese Anziehung zwischen uns, schnappe mir die überraschte Jill und flüchte mit ihr Richtung Damentoiletten.

Neugierig mustert sie mich und kann sich ein Grinsen nicht verkneifen.

»Was war das denn? Miss Bei-mir-hat-kein-Mann-eine-Chance?«, fragt Jill lachend und zwinkert mir zu.

»Das, das war gar nichts«, versuche ich mich rauszureden, worauf Jill belustigt ihre Augen verdreht.

»Nein, das war nicht *gar nichts*, zwischen euch war die prickelnde Stimmung sowas von spürbar.«

Wieder schüttle ich meinen Kopf und seufze laut auf.

»Und wenn, ich kann da nicht zurück, ich, ich will da nicht zurück, außer«, überlege ich und mache eine kurze Pause.

»Außer?«, möchte Jill neugierig wissen.

»Außer«, sage ich nach einer weiteren kleinen Pause. »Außer, ich erlaube mir einen schönen Abend mit ihm – mehr nicht«, erkläre ich und fasse einen Entschluss. Ich werfe meine Zweifel über meine aufkommenden Gefühle beiseite und erlaube mir einen schönen Abend mit ihm – genauso wie mit all den anderen Männern auch. Was so oft vor ihm funktioniert hat, wird dieses Mal auch klappen. Ich bin gut darin, Gefühle außen vor zu lassen, und genau das werde ich jetzt in die Tat umsetzen. »Komm schon«, fordere ich Jill auf und ziehe sie an ihrer Hand von den Toiletten weg.

»Darf ich Ihnen ein Glas Champagner anbieten?«, fragt ein Kellner und hält uns sein Tablett hin.

»Das trifft sich wie die Faust aufs Auge«, sage ich mit einem Zwinkern an Jill und nehme ein Glas Champagner entgegen. Ich besiegle meinen inneren Pakt und leere das Glas mit einem Schluck.

»Oder, du lernst ihn besser kennen, schaust, ob vielleicht dieses Mal mehr daraus werden könnte?«, schlägt Jill vor.

»Nein, mein Entschluss ist gefasst«, erwidere ich kopfschüttelnd. »Komm, lass uns gemeinsam zu den Jungs zurückgehen«, schlage ich vor, doch Jill lehnt kopfschüttelnd ab.

»Emma, ich muss dann sowieso mal los, es ist schon spät«, entschuldigt sie sich. Ich befürchte, sie will mir einfach nicht im Weg stehen, dabei wäre es mir dieses Mal sehr recht, wenn sie noch bleiben würde. Ich weiß nicht warum, aber wenn ich sie bei mir hätte, würde ich mich sicherer fühlen.

»Jill, warte«, sage ich und halte sie an ihrer Hand am Weitergehen auf. »Bleib doch noch, ich meine, Lukes ganze Freunde sind hier, da fühle ich mich so ... ich weiß auch nicht ...«, bitte ich sie, doch Jill schüttelt grinsend ihren Kopf.

»Emma, du wirst doch auf deine alten Tage nicht noch verlegen werden?«, versucht sie mich auf die Schippe zu nehmen.

»Ich, nein, so ein Quatsch, aber es wäre einfach nett, wenn du noch bleiben würdest.«

Erneut versuche ich, sie umzustimmen. Ich hätte einfach ein besseres Gefühl, wenn sie an meiner Seite wäre. Dass mich Luke komplett aus dem Konzept bringt, kann ich ihr einfach nicht sagen. Ich will es mir ja selbst nicht einmal eingestehen.

»Ich muss sowieso morgen früh raus, die Hochzeit von Valery und John findet morgen statt, da sollte ich fit sein, und außerdem«, setzt sie nach und grinst verwegen, »sieht es so aus, als wäre da jemand sehr an dir interessiert.«

Jill deutet in Richtung Bar, an der Luke noch immer lehnt und seinen Blick nicht von mir losreißt. Seine Freunde sind in der Zwischenzeit in ein angeregtes Gespräch vertieft und ganz auf sich konzentriert. Lukes heißer Blick bringt mich erneut dazu, ein Prickeln in mir zu spüren. Ich reiße mich wieder von seinen Augen los und widme mich Jill, die ich selbst mit meinen Überredungsversuchen nicht umstimmen kann.

»Genieß den Abend, und vielleicht gelingt es dir ja, deine Angst vor Nähe über den Haufen zu werfen. Ich denke ja, der Typ wäre es wert«, sagt sie zwinkernd und verabschiedet sich mit einem Kuss auf meine Wange.

Mit viel zu viel Herzklopfen gehe ich zurück zu der Gruppe von Jungs, wobei Luke ein bisschen Abseits steht. Wie kann mich seine Anwesenheit nur so nervös machen? *Emma, sei locker wie immer und lass dir nichts anmerken,* ermahne ich mich, als ich die Gruppe erreicht habe.

»Ich dachte ja schon, du willst gehen, ohne dich von mir zu verabschieden«, sagt Luke gespielt verletzt und grinst schließlich schelmisch, »und dabei wollte ich noch unbedingt mit dir anstoßen«, sagt er und reicht mir ein Glas mit irgendetwas Hochprozentigem.

»Danke«, sage ich und nehme das Glas entgegen. »Und nein, ich wollte nicht gehen, ohne mich von dir zu verabschieden. Danke für meine Rettung«, proste ich zum Anstoßen.

»Auf dich«, erwidert Luke, als wir plötzlich von einem Mann unterbrochen werden.

»Willst du uns gar nicht vorstellen?«, echauffiert sich einer aus der Truppe rund um Luke und grinst spitzbübisch.

Luke verdreht amüsiert seine Augen und deutet dann zwischen den Jungs und mir hin und her.

»Das sind Maddox, Landon und Jason«, stellt er die Gruppe vor, »und das ist Emma, wir sind uns heute zufällig begegnet«, erzählt er der Männergruppe, die mir zunickt.

Typisch Männer, denke ich schmunzelnd und reiche ihnen meine Hand, um mich selbst vorzustellen.

»Dann bist du also die geheimnisvolle Frau, die Luke heute komplett durcheinandergebracht hat«, sagt Maddox . »Obwohl ...«, will ihm gerade Landon ins Wort fallen, als Luke sie allesamt stoppt.

»Leute ...«, ermahnt sie Luke, doch die Jungs grinsen sich nur verschmitzt zu.

»Bist du auch eine Freundin von Alexander?«, möchte Jason interessiert wissen.

»Ich bin die Schwester von Summer, Alexanders Ehefrau.«

Anerkennend nicken die Typen rund um Luke.

»Summer ist eine großartige Frau, das muss bei euch wohl in der Familie liegen«, schäkert Jason und zwinkert mir dabei flirtend zu. Nach einem mahnenden Blick von Luke macht er aber einen sichtlichen Rückzieher und tritt einen Schritt zurück.

»Ich organisiere uns noch ein paar Getränke«, schlägt Jason stattdessen vor und kommt kurz darauf mit einigen Gläsern wieder zurück zu uns.

»Für dich«, sagt Luke. Seine blauen Augen betrachten mich mit einer Intensität, die es mir schwer macht, mich von ihm loszureißen.

Erneut leeren sich die Gläser schneller, als es bestimmt vernünftig wäre. Doch meine letzte Partynacht liegt länger zurück und ein bisschen Spaß schadet nun wirklich nicht. Die Jungs haben mehr Humor, als ich zu Beginn dachte, sie sind witzig und nicht auf den Mund gefallen. Die Stunden fliegen nur so dahin und irgendwann, als schon fast der Morgen anbricht, verabschieden sich Lukes Freunde.

»Bleibst du noch?«, möchte Luke von mir wissen und verkleinert den Abstand zwischen uns.

Nervös schlucke ich schwer und knabbere unentschlossen an meiner Unterlippe. Was soll schon schiefgehen – eine Nacht, erinnere ich mich und nicke schließlich. Luke kommt noch einen Schritt näher an mich ran und schiebt mich mit sich Richtung Tanzfläche.

»Tanz mit mir, Emma«, haucht er mir ins Ohr, sodass sich eine feine Gänsehaut auf meinem Körper ausbreitet. »Und erzähl mir mehr von dir, viel mehr«, setzt er nach und legt seine Hände auf meine Taille.

Ein elektrischer Blitz durchzuckt meinen Körper

und lässt mein Herz einen Purzelbaum schlagen. Kurz weiche ich zurück, doch Luke zieht mich wieder in seine Arme und legt mir eine blonde Haarsträhne hinter mein Ohr.

»Bitte bleib noch«, flüstert er dabei.

Zwei Wimpernaufschläge lang sehen wir uns nur in die Augen, während wir uns zur Musik bewegen, bis sich schließlich unsere Lippen zum ersten Mal treffen. Es ist ein Gefühl, welches mit nichts zu vergleichen ist, es nimmt mir den Atem, es lässt mich schweben und alles um mich herum vergessen, während Lukes Lippen sanft meine Lippen berühren. Weich und warm spüre ich sie auf meinen, schmecke seinen Geschmack, inhaliere seinen Duft und tauche komplett ein in das Sein. Lukes Hände wandern hinauf an mein Gesicht, sanft berührt er mich, während er mich küsst. Leidenschaftlich spielen unsere Zungen miteinander und unsere Körper pressen sich immer enger aneinander. Lass ihn ein One-Night-Stand sein, so wie all die anderen Männer auch, sage ich zu mir selbst.

»Komm mit zu mir«, bringe ich schwer atmend aus mir heraus, nachdem ich unseren Kuss beendet habe.

»Bist du sicher? Vielleicht sollten wir das hier«, sagt Luke und deutet zwischen uns beiden hin und her, »nicht, ich meine, ich …«

»Komm mit zu mir«, sage ich mit noch mehr Nachdruck. Es bedarf keiner Worte mehr als Antwort. Lukes Lippen landen als Bestätigung auf meinen Lippen.

»Ich wohne nicht alleine, wir müssen in mein Zimmer«, bringe ich gerade so heraus, während wir hier vor der Wohnungstür schon übereinander herfallen als wären wir Tiere. Irgendwie schaffe ich es, die Tür zu öffnen, und dränge mich mit Luke zusammen polternd in Richtung meines Schlafzimmers. Nicht mein erster Männerbesuch, der die ganze WG aufwecken könnte – doch das ist mir in diesem Moment egal. Ich versuche meinen Kopf komplett auszuschalten, weil es sich viel zu gut anfühlt mit Luke. Viel zu vertraut, viel zu intim, so als würden wir uns schon viel länger kennen. Ein eigenartiges Gefühl, das hier definitiv keinen Platz hat. Wir drängen unsere Körper enger aneinander, können kaum genug voneinander bekommen.

Doch plötzlich macht Luke eine Pause und sieht nachdenklich in meine Augen. Ein eigenartiges Gefühl überfällt meinen Körper, das mit einer feinen Gänsehaut einhergeht.

»Emma«, unterbricht er meine Gedanken und intensiviert seinen Blick. »Ich, wir sollten das hier …«, ist er gerade dabei zu sagen und macht dann erneut eine Pause. »Ich möchte nichts überstürzen«, seufzt er. Amüsiert verdrehe ich meine Augen und zucke mit meinen Schultern.

»Dafür«, sage ich schmunzelnd und beginne die Knöpfe seines Hemds zu öffnen, »ist es, befürchte ich, schon zu spät!«

Ein spitzbübisches Grinsen überfällt Lukes Gesicht und versetzt meinem Unterleib erneut eine Flut Schmetterlinge, die wild in alle Richtungen umherflattern. Luke dreht mich bestimmend herum, sodass ihm nun mein Rücken zugewandt ist. Zärtlich fährt er mit seinen Händen meine Arme hoch, lässt sie wieder hinunter bis zu meiner Taille wandern und ruht dann dort, um in der Zwischenzeit feine Küsse auf meinen Nacken zu setzen. In mir schaudert es nicht zum ersten Mal heute Abend und ich spüre, wie sich die Lust immer weiter ihren Weg bahnt.

Vorsichtig öffnet er mein Kleid von hinten und lässt es sanft zu Boden fallen. Nur in meiner Unterwäsche stehe ich hier vor dem Mann, der Gefühlsregungen in mir auslöst, wie ich sie bis dato noch nicht kannte. Zum Glück habe ich meine Unterwäsche mit Bedacht gewählt. Als hätte ich es geahnt, dass heute Abend noch mehr laufen würde, trage ich meine schönste schwarze Spitzenunterwäsche. Ich war einem One-Night-Stand für heute Nacht von Beginn an nicht abgeneigt, nur zeichneten sich die ganzen Schnösel, die auf Alexanders Party herumirrten, nicht als wirklich tauglich ab. Doch dann sah ich Luke wieder und von da an, war ich verloren.

Ich spüre wie Luke meinen BH von hinten öffnet und ihn behutsam, fast so als würde er ein Geschenk auspacken, ebenfalls zu Boden gleiten lässt. Ein geräuschvolles Stöhnen entkommt ihm, als meine Brüste nun komplett enthüllt sind und ich mich wieder zu ihm umgedreht habe. Allein seine Nähe reicht aus, dass sich meine Brustspitzen wie auf Befehl aufstellen.

»Emma, du bist so wunderschön«, flüstert Luke und bedeckt meinen Hals mit Küssen, während er mit seinen Händen meine Brüste erkundet.

Seine Berührungen sind Feuer und Eis zugleich, fast zu viel für meinen erregten Körper. Ich öffne weiter sein Hemd und lasse es zu dem Berg an Kleidung am Boden sinken. Luke steht nun oberkörperfrei vor mir, mit einem perfekten Sixpack, einem schön gebräunten Körper und dunklen Brusthaaren. Luke hätte einer Werbekampagne für Männerunterwäsche entspringen können, er ist wirklich verdammt attraktiv. Erst als ich auf sein Grinsen treffe, wird mir bewusst, wie lange ich ihn schon so anschmachte. Ich spüre wie in meine Wangen die Hitze schießt und beiße verlegen auf meine Lippen. Lukes Blick wird noch erregter, er gilt einzig und allein meinen Lippen – eine Tatsache, die mich noch mehr anmacht. Luke umfasst mein Gesicht und berührt es mit seinen Händen.

»Es macht mich so sehr an, wenn du dir auf deine Lippen beißt«, haucht er mehr, als er spricht, und untermauert es mit einem weiteren Stöhnen. Und dann, dann sind wir nur mehr ein Mann und eine Frau, die sich in dieser einnehmenden Begegnung fallen lassen. Erneut spüre ich seine warmen Lippen auf meinen, schmecke ihn, fühle ihn, rieche ihn, nehme nur mehr Luke wahr. Unsere Zungen berühren einander, steigen in ein Spiel aus Geben und Nehmen ein, während ich seine Hose öffne und seinen imposanten Schwanz daraus befreie. Luke hebt mich auf seine Hüften und trägt mich zu meinem Doppelbett. Behutsam setzt er mich dort ab und kniet sich über mich. Er berührt zärtlich meinen Körper und bedeckt ihn mit leidenschaftlichen Küssen. Ich kann kaum mehr gegen das Verlangen zwischen meinen Beinen ankämpfen und möchte Luke nun endlich in mir spüren.

»Kondome sind gleich in der ersten Schublade in der Kommode neben dem Bett«, sage ich außer Atem und lasse mich genüsslich im Bett zurücksinken.

Luke nickt, greift über mich und zieht die Packung aus der Schublade hervor. »Sollte ich jetzt froh sein, dass du sie gleich hier hast oder enttäuscht?«, fragt er neckisch, während er ein Kondom aus dem Päckchen herauszieht.

»Tut mir leid, wenn ich dich enttäuschen muss, aber Jungfrau bin ich keine mehr«, sage ich amüsiert und ziehe Luke wieder zu mir.

Luke stößt ein vergnügtes Lachen aus und öffnet die Kondomverpackung. Langsam rollt er das Gummi über seinen erregten Schwanz und berührt dann sanft meine sensibelste Stelle mit seinen Fingern.

»Ich will mehr«, stöhne ich fast flehend und ziehe Luke noch näher an mich heran.

Sanft reibt er mit seiner Spitze über meine Klitoris, blickt mir dabei tief in meine Augen und dringt dann langsam in mich ein. Es ist ein unglaubliches Gefühl, Tausend Mal intensiver, als ich es je gespürt habe. Erst als er ganz in mir versunken ist, und mir die Zeit gegeben hat, mich an seine Größe zu gewöhnen, beginnt er, sich in mir zu bewegen. Während wir uns küssen als gäbe es kein Morgen, was für unsere Beziehung zumindest Tatsache ist, gleitet er weiterhin im perfekten Rhythmus auf mich angepasst, in mich hinein und heraus. Immer wieder und wieder, während wir einander geben, was wir in diesem Moment beide brauchen. Ich spüre wie sich mein Höhepunkt an mich heranpirscht. Wie sich der Druck immer weiter in mir aufbaut und ich schließlich in Tausend Teilchen zerspringe, während sich dieses unglaubliche Gefühl dieses Mal bis zu meinem Herzen hochschleicht. Ich stöhne laut in meinen Kuss mit Luke hinein und verliere mich beinahe mit ihm. Ich spüre immer noch die Nachbeben meines ersten Orgasmus, als eine zweite noch stärkere Welle über mich rollt. Eine Gegebenheit, die ich so noch nicht kannte. Ein Orgasmus war bis jetzt immer der Höhepunkt eines One-Night-Stands und nicht einmal mit Adrian hatte ich zwei Orgasmen, obwohl ich ihn besser kenne, als die meisten Männer. Und doch baut sich dieses Gefühl immer weiter in mir auf. Immer stärker wird der Druck, das Kribbeln, das Flattern in meinem Unterleib und dann stöhnt auch noch Luke in einem tiefen kehligen Ton meinen Namen. Ich komme und komme und ich kann gar nicht mehr damit aufhören. Es ist wie eine Welle, die mich mitnimmt und mich auf eine Reise nimmt, die ich bis dahin gar nicht für möglich hielt. Ich spüre wie Luke in mir kommt als er das Unmögliche schafft. Ich komme ein weiteres Mal. Unsere Lippen treffen erneut aufeinander, während wir beide tiefe Befriedigung erlangen.

. . .

»Das war wirklich unglaublich, Emma«, haucht Luke und küsst zärtlich meine Lippen, nachdem ich in meinen Bademantel geschlüpft bin und mich wieder zu ihm aufs Bett gesetzt habe. Luke legt sich entspannt im Bett zurück und atmet genüsslich ein und wieder aus. Jetzt wäre eigentlich der Zeitpunkt, an dem ich mein Date nach Hause schicken würde, doch heute ist irgendetwas anders. Ich möchte noch nicht, dass Luke geht, ich möchte gerade noch mehr von ihm. Er vereint so vieles in sich, er wirkt stark und anmutig, mächtig und erfolgreich und dann ist da noch diese weiche Seite, seine Augen, die ihn zu einem offenen Buch machen, all das bringt mich dazu, dass er mein Herz erneut unwillkürlich berührt.

»Ich hätte da noch Lust auf etwas ganz Spezielles«, sagt Luke grinsend.

»Und das wäre?«, möchte ich amüsiert wissen und sehe da schon wieder dieses einmalige Funkeln in seinen Augen.

»Es hat ganz zufällig etwas mit dir zu tun«, entkommt es ihm schief grinsend. Luke schnappt mich und zieht mich zärtlich zu sich.

Ein vergnügtes Kreischen entkommt mir, als ich in seinen Armen, besser gesagt, auf Luke selbst lande. Da ist sie schon wieder, diese Verbindung zwischen uns, dieses Verlangen, das über das normale Kribbeln hinausgeht, das so viel tiefer geht.

»Ganz zufällig natürlich«, bestätige ich und verdrehe belustigt meine Augen.

Ich spüre unter mir die eindeutige Regung seines Schwanzes und merke, wie sich erneut Verlangen in mir aufbaut. Spüre das feine Kribbeln, das Flattern in meinem Bauch und atme, hier, so nahe an ihm, seinen ganz eigenen Duft ein. Ein maskuliner Duft, der mich an Sommerregen erinnert und der das Kribbeln in mir ganz sicher nicht weniger werden lässt. Fast berühren sich unsere Gesichter, während ich hier kniend auf Luke sitze und unsere Blicke erneut miteinander verschmelzen. Sanft streicht er durch mein langes blondes Haar und legt mir eine Haarsträhne hinter mein Ohr. Lukes Hand verweilt dort, wandert dann weiter und berührt zärtlich meine Wange. Eine Geste, die mir in ihrer Intensität völlig fremd ist und mir beinahe Angst macht, weil sie sich so gut anfühlt. Und dann folgt der Beginn einer weiteren wundervollen Begegnung, die mit der Verbindung unserer Lippen eingeleitet wird.

Stürmischer als beim ersten Mal begegnen sich unsere Lippen auf der Suche nach dem anderen. Normalerweise bevorzuge ich Stellungen, in denen es zu weniger Intimitäten, zu weniger Küssen, Streicheln und Zärtlichkeiten kommen kann. Doch all das ist mir heute Nacht völlig egal. Heute ist es genau das, was ich will. Luke schiebt mir meinen Bademantel vom Körper und streichelt zärtlich über meine nackte Haut. Aus der Kommode neben uns hole ich Kondom Nummer zwei und stülpe es behutsam über Lukes Schwanz. Dieses Mal habe ich die Führung und Luke scheint es zu genießen. Ich fühle mich frei, lebendig und lustvoll mit Luke zusammen und komme meiner erneuten Befriedigung ein großes Stück näher, als Lukes Schwanz zum zweiten Mal in mir versunken ist.

Am nächsten Morgen werde ich erst wach, als es schon hell durch die Gardinen ins Zimmer scheint. Ich fühle mich total verkatert und dennoch mehr als nur ein bisschen befriedigt. Die Nacht mit Luke hat alles Bisherige getoppt, und es wird nicht einfach, seine Performance zu schlagen. Ich winde mich unter seinen Armen heraus und setze mich im Bett auf. Luke schläft noch tief und fest neben mir. Nachdenklich beobachte ich ihn, wie er gleichmäßig ein- und wieder ausatmet und langsam wach wird. Seine Gesichtszüge sind weich und entspannt. Seine dunklen Haare fallen ihm leicht ins Gesicht und lassen ihn dadurch jünger wirken. Ich frage mich, was Luke wohl arbeitet und was er so macht. Am liebsten würde ich mehr über ihn erfahren. Er interessiert mich, sehr sogar. Doch diese Gedanken verbiete ich mir gleich wieder. Solche Gedanken sind gefährlich, weil sie später mit einem gebrochenen Herzen enden.

»Guten Morgen«, nuschelt Luke genüsslich und streckt seine Hand wieder aus, um mich in seine Arme zu ziehen.

Unweigerlich spanne ich mich an und rücke ein Stück von ihm ab.

»Ähm, Luke«, stammle ich und ziehe meine Füße an mich heran.

»Ja?« Luke richtet sich wieder ein Stück im Bett auf und legt seinen Kopf leicht schief.

»Ich, ähm, danke für den Abend und die Nacht, aber ich sollte dann …«, stammle ich idiotisch vor mich hin.

Luke sieht mich irritiert an, wartet dann einen Moment, wohl um die Situation noch einmal Revue passieren zu lassen, und klettert anschließend aus meinem Bett.

»Kein Problem«, sagt Luke nach einem kurzen Räuspern. »Gibst du mir noch deine Nummer?«

Schuldbewusst senke ich meinen Blick und schüttle meinen Kopf.

»Besser nicht, belassen wir es bei dem, was es war«.

VIER

LUKE

»Wow«, ist wohl das richtige Wort, das mir zu dieser Nacht und vor allem zu dieser Frau einfällt, nachdem Emmas Wohnungstür zugeht.

Nach unserer ersten Begegnung, in der ich ihr das Leben gerettet habe, hätte ich es nicht für möglich gehalten, sie je wiederzusehen. Ich meine, New York hat acht Millionen Einwohner, ihr noch einmal zu begegnen gleicht fast einem Jackpot – und dann noch am selben Tag. Das ist Schicksal, würde wohl meine Schwester sagen. Zufall – so würde es meine Mutter betiteln und die Sache damit so schnell wie möglich abhaken. Für mich war es aber mehr als das. Emma ist so anders, so authentisch, so echt, so unfassbar interessant und das liegt nicht an der Tatsache, dass sie mich jetzt vor die Tür gesetzt hat. Wenn ich auch sagen muss, dass mir das ewig nicht mehr passiert ist. Um ehrlich zu sein, noch nie, dabei hatte ich in meiner Studienzeit in Harvard genügend Gelegenheiten, mir meine Hörner abzustoßen. Allerdings nur, um dann doch die Verbindung einzugehen, die schon immer vorgesehen war – mit Savannah. Savannahs Eltern stehen meinen Eltern sehr nahe. Beide sind in der Politik und genießen hohes Ansehen hier in Amerika. Da Savannah und ich fast wie Geschwister aufgewachsen sind, war es für unsere Familien selbstverständlich, dass wir einmal heiraten werden. Es gab eine Zeit, da wollte ich mich dem Wunsch meiner Eltern nicht beugen und frei sein. Doch je älter ich wurde, desto mehr spürte ich die Last auf meinen Schultern. Ich wusste, ein Benett hat zu seinen Verpflichtungen zu stehen. Nach meinem Abschluss gab ich ihrem Wunsch nach und begann eine Beziehung mit Savannah. Sie war einer Heirat von Anfang an nicht abgeneigt. Für sie war die Anerkennung in der Öffentlichkeit, und besonders die ihrer Eltern, schon immer wichtiger als ihr eigenes Glück. Unsere Beziehung war nicht immer so kalt, wie sie die letzte Zeit geworden ist. Zu Beginn verband uns vielleicht sogar so etwas wie Liebe. Zumindest dachte ich, dass es sich so anfühlt. Unsere Beziehung veränderte sich aber immer mehr. Für Savannah wurden Macht und Geld immer wichtiger und zwischen uns kriselte es immer heftiger. Dennoch kam es für Savannah oder unsere Familien nie in Frage, unsere Beziehung aufzulösen. Viel zu wichtig ist das Ansehen, das wir zusammen genießen. Ob Savannah mit unserer lieblosen Beziehung glücklich ist? Ich bezweifle es. Wir beide haben einfach gelernt, uns damit zu arrangieren, und besonders Savannah scheint die Vorteile, die unsere Beziehung im gesellschaftlichen Leben für sie bringt, doch sehr zu genießen. Seit ich Emma begegnet bin, fühlt sich alles so anders an. Die Anziehung zwischen Emma und mir war so intensiv. So einnehmend. So etwas habe ich in all den Jahren nicht für Savannah gefühlt. Dass es dann tatsächlich zu so viel mehr zwischen Emma und mir kam, lag gewiss nicht nur am Alkohol, den die Jungs und ich da schon zu genüge intus hatten. Es war ein feuchtfröhlicher Abend, den ich dringend nötig hatte. Die Vorbereitungen auf die Wahl, die ganzen Pressetermine und der Stress zu Hause mit Savannah waren irgendwann zu viel. Ich brauchte Luft und Zeit für mich. Außerdem benötigte ich Abstand von all dem, um wieder klar denken zu können, und dann begegnete ich Emma zum zweiten Mal. Emma, die mir seit unserer ersten Begegnung nicht mehr aus dem Kopf ging. Ihre braunen dunklen Augen bergen etwas Mystisches, etwas Geheimnisvolles, das sie richtig interessant macht. Vom ersten Moment an war ich von ihren großen Augen fasziniert, sie zogen mich sprichwörtlich in ihren Bann. Dazu ihre langen blonden Haare, die eine richtig schöne Kombination zu ihren dunklen Augen bilden. Emma ist groß, aber dennoch bin ich mindestens einen Kopf größer als sie. Vielleicht ist es ein altes eintrainiertes Rollenbild, aber ich finde es richtig sexy, wenn die Frau ein Stück kleiner ist als ich. Sie wirkt tough und so, als wüsste sie genau, was sie will. Sie ist keine der Frauen, die sich verstellt und verbiegt, nur um zu gefallen. Das fiel mir bei unserer ersten Begegnung sofort auf und bestätigte sich heute Nacht nur noch weiter.

Wie dem auch sei, war das, was hier heute Nacht passiert ist, nichts was passieren hätte sollen. Schon gar nicht jetzt, wenn ich gerade im Blickpunkt der Öffentlichkeit und im Interesse so vieler Menschen stehe! Ich sollte jetzt nicht von meinem Plan, der mir ohne Zweifel schon zu meiner Geburt in die Wiege gelegt wurde, abweichen. Savannah soll die Frau an meiner Seite sein, das wurde schon früh von unseren Familien so arrangiert. Eine Zweckgemeinschaft, die uns beiden nützlich ist. Darum ist es völlig falsch und komplett idiotisch, mir seit meiner Begegnung mit Emma immer wieder vorzustellen, was wäre, wenn ... Was wäre, wenn ich sie wiedersehen könnte – war mein erster Gedanke, nachdem ich sie vor dem Truck gerettet hatte.

Was wäre, wenn ich sie einfach im Club anspreche und mit ihr ein paar Worte wechsle – war mein erster Gedanke, als ich meinen Augen kaum traute, als ich sie gestern Abend plötzlich auf der Party von Alexander wiedersah.

Ich habe mir dann definitiv noch Mut angetrunken und mir zwei Gläser Whisky hinuntergekippt, bis ich sie dann tatsächlich, und zwar gegen jede Vernunft, angesprochen habe.

Was wäre, wenn ich nur einmal mit ihr tanzen würde? Einmal ihre Rundungen fühle, einmal ihren so ganz einzigartigen Duft einatme? Wenn ich mich einmal fallen lassen würde?

Also tanzte ich mit ihr, vergaß alles um mich herum und nahm nur noch Emma war. Emma,. die mich komplett in ihren Bann zog und einnahm, wie es noch nie zuvor geschehen war.

Was, wenn ich nur einmal von ihren sinnlichen, vollen Lippen kosten würde, sie einmal küssen würde, und es dann sein lasse? Dann wüsste ich wenigstens, wie süß sich ihre Lippen anfühlen würden, und könnte die Erinnerung für immer in mir speichern – das hatte ich mir vorgenommen und sie geküsst. Doch aus einem Kuss wurde ein zweiter und irgendwann hörte ich zu zählen auf und spürte nur noch.

Was, wenn ich nur diese eine Nacht mit ihr verbringen würde, dachte ich – und erlebte die erfüllteste Nacht meines Lebens. Es war mehr, als mir eine andere Frau je hätte geben können, und um so vieles intensiver, als ich es für möglich hielt. Mehr als diese eine Nacht, hatte ich mir nie vorgestellt. Und doch, obwohl das alles nur ein einziges Mal vorkommen sollte, wollte ich mehr von ihr.

Ich habe sie heute Morgen nach ihrer Nummer gefragt. Wenngleich ich weiß, dass es nirgends hinführen sollte, so spüre ich, dass ich diese Frau nicht aufgeben will, dass ich diese Frau nicht aufgeben kann. Umso überraschter war ich gerade eben, als sie mich vor die Tür setzte. Nach dieser Nacht hätte ich damit nie gerechnet, eher damit, dass Emma mehr möchte.

Jetzt stehe ich hier, in meinem Hemd von gestern,

mit zerzausten Haaren und einem Gefühl, das ich so noch nicht kannte. Frustriert fahre ich mir durch meine dunklen Haare und richte mein Hemd, um wenigstens halbwegs gut auszusehen, falls ich in diesem unpassenden Moment von der Presse festgehalten werde. Zur Zeit lauern diese Geier überall. Sie warten auf einen Schnappschuss, der ihnen das Geld ihres Lebens einbringen kann und mich vor ganz New York blamieren würde. Es ist nicht so, dass sie sich gegen mich verschworen hätten, es ist ein völlig normales Verhalten der Presse, immerhin kandidiere ich für die Wahl zum New Yorker Bürgermeister. Meine Familie war immer schon in der Politik, mein Vater war selbst jahrelang Bürgermeister dieser Stadt und kandidiert im Moment für die Präsidentschaftswahl im nächsten Jahr. Eine Karriere, die mir in dieser Reihenfolge auch so bevorsteht. Nach meinem Studium in Harvard, wo ich einen Abschluss in Unternehmensführung und Jura machte, standen mir alle Türen offen. Mit meiner mächtigen Familie im Background war es zudem fast mein Schicksal, eines Tages für die Bürgermeisterwahl New Yorks zu kandidieren, und glaubt man den jüngsten Umfrageergebnissen, sieht es so aus, als wäre die Wahl bereits für mich entschieden.

Bevor ich in den Lift einsteige, um nach Hause zu fahren, ziehe ich mein Handy aus meiner Hosentasche. Fünf verpasste Anrufe. Zwei davon aus dem Büro und drei von Savannah. Wir waren heute mit ihren Eltern zum Brunch verabredet. Ein kurzer Blick auf die Uhr verrät mir, dass ich dieses Treffen nicht mehr werde retten können. Es ist kurz vor elf Uhr, und wie ich Savannah und ihre Eltern kenne, sitzen sie bereits seit neun Uhr gepflegt in der Boucherie beim Frühstück. Ich bin mir sicher, sie zerreißen sich ihr Maul über die High Society New Yorks. Savannahs Eltern gleichen meinen Eltern wie ein Haar dem anderen. Sie besitzen wie meine Eltern ein gut laufendes Firmenimperium und Savannahs Vater war jahrelang der Gouverneur von Kalifornien.

Der Lift kommt im Erdgeschoss des großen Wohnhauses, in dem Emma wohnt, an. Draußen scheint bereits die Sonne und es ist angenehm warm. Das Leben in New York hat seinen gewohnten Lauf genommen. Menschen strömen vorbei, unterhalten sich oder sind mit ihrem Smartphone beschäftigt. Nichts wie weg hier, bevor mich noch jemand erkennt, denke ich. Es hat mich gestern schon verwundert, warum mich Emma nicht erkannt hat, aber in meinen legeren Klamotten, nur im Hemd und nicht in einem Anzug, wirke ich wohl zu meinem Vorteil nicht sofort wie der zukünftige New Yorker Bürgermeister. Ich pfeife nach einem Taxi und sofort hält eines neben mir. Damit mache ich mich auf meinen Weg Richtung meines Zuhauses.

Mein Nicht-Auftauchen wird gewiss nicht auf Begeisterung bei Savannah gestoßen sein. Es ist ja nicht so, dass wir das Bett teilen würden, dennoch weiß ich, dass sie außer sich vor Wut sein wird. Dabei ist Savannah ihr Ruf viel wichtiger, als der tatsächliche Grund meines Fernbleibens. Meist kommt es einmal im Jahr vor, dass die Jungs und ich es krachen lassen. Fast genauso wie damals, als wir zusammen studiert haben. Nach solchen Nächten endet der Abend oft auf Maddoxs Couch. Das wird auch für diese Nacht eine Entschuldigung sein, mit der Savannah leben kann.

Ich ziehe mein vibrierendes Handy aus meiner Hosentasche heraus und sehe die Nummer meines besten Freundes aufleuchten.

»Maddox, wie war der Abend gestern noch?«, sind die ersten Worte, die mir in den Sinn kommen, noch bevor er mich nach meiner Nacht fragen kann. Er ist nicht blöd und er kennt mich, er hat mitbekommen, was Emma in mir ausgelöst hat. Ich habe Savannah noch nie betrogen und doch bin ich mir sicher, dass Maddox weiß, was heute Nacht passiert ist.

»Das fragt der Richtige, Mann, wo steckst du? Savannah hat sogar mich angerufen und wollte wissen, wo du bleibst. Eins kann ich dir sagen, sie klang alles andere als erfreut!«, sagt Maddox und kann sich ein amüsiertes Lachen nicht verkneifen.

»Du hast ihr doch nicht ...?«, bringe ich heraus, als mir Maddox lachend ins Wort fällt.

»Keine Sorge, ich habe ihr gesagt, dass du noch deinen Rausch ausschläfst und sie dir solche Abende lassen muss!«

»Gott sei Dank!« Angespannt atme ich ein und wieder aus. Maddox hat mir meinen Kopf gerettet.

»Du bist ein guter Freund«, sage ich erleichtert und fahre mir durch meine braunen Haare.

»Aber was viel interessanter ist, wo bist du tatsächlich gewesen? Etwa bei der Lady von gestern Abend?«

Gedehnt atme ich aus und seufze frustriert. Es nutzt ja nichts, Maddox ist mein bester Freund und ihm werde ich reinen Wein einschenken müssen.

»Ja, ich war bei ihr, ich war bei Emma.«

»Bei Emma, soso«, sagt er mit hoher Stimme, wobei ich seinen Sarkasmus sofort heraushören kann.

Er war es, der mir zuredete, ich solle mir einen schönen Abend mit ihr machen. Er ist es, der mir seit Monaten, was rede ich, seit Jahren immer wieder deutlich zu verstehen gibt, ich solle mich von Savannah trennen, weil mich die Zweckgemeinschaft mit ihr nie glücklich machen wird. Dabei ist Maddox definitiv kein Vorbild in Sachen Liebe. Maddox ist schon mehr als ein Jahr in seine beste Freundin verliebt, auch wenn er das nie zugeben würde. Sie führen fast so etwas wie eine Freundschaft Plus, zumindest wirkt es so auf mich. Bei den Blicken, die die beiden immer austauschen, und ihrer offensichtlichen Chemie ist fast klar, dass auf kurz oder lang einer der beiden enttäuscht werden wird. Ich denke, beide haben Angst, verletzt zu werden und am Ende ihre Freundschaft zu gefährden.

Aber dennoch hat er recht, was die Sache mit Savannah betrifft. Ich weiß, dass es mich nicht glücklich machen wird. Ich weiß zudem aus einer sicheren Quelle, dass sich Savannah zu Genüge mit ihrem Fitnesstrainer vergnügt hat. Doch es hat mich nie interessiert, für mich hat der romantische Teil unserer Beziehung vor Jahren geendet.

»Auf einer Skala von eins bis zehn, wie sauer klang Savannah?« Erneut höre ich Maddoxs hämisches Gelächter durchs Handy.

»Ich würde sagen, du steckst ziemlich im Schlamassel!«

»Ich weiß, die Aktion war komplett daneben von mir, ich meine, Savannah und ich wir werden …«

»Luke, ich verstehe dich mehr als jeder andere, und was du jetzt auf keinen Fall haben solltest, ist ein schlechtes Gewissen. Ich meine, eure Beziehung ist doch viel mehr Schein als Sein. Wann hat sie dich das letzte Mal rangelassen?«

Frustriert fahre ich mir durch meinen Dreitagebart und zucke mit meinen Schultern.

»Siehst du, dein Schweigen sagt alles. Du hast dir nur geholt, was du dir holen musstest«, wirft Maddox ein, als ich nach einer Weile immer noch nicht antworte.

»Nein, Maddox, das war anders, um ehrlich zu sein, ging es nicht nur um Sex. Emma ist so anders, so echt, so interessant«, schwärme ich von ihren Vorzügen und spüre erneut das schlechte Gewissen aufsteigen.

»Dann überlegst du es dir mit Savannah doch noch einmal? Und schießt sie in den Wind, noch bevor du mit ihr den Schritt gegangen bist, der dich ewig an sie fesseln wird?«

Wie oft habe ich mir genau das überlegt. Einfach alles beenden, mich vor meiner Verantwortung drücken und das tun, was ich wirklich tun will. Doch wenn man in eine Familie wie meine geboren wird, dann wird es einem praktisch in den Schoß gelegt. Meinen eigenen Weg zu gehen, war dabei nie eine Option für mich.

»Nein, das wäre fatal im Moment, und außerdem hat mich Emma vor die Tür gesetzt«, gebe ich entrüstet bekannt.

»Die Frau mag ich jetzt schon«, meint Maddox schadenfroh lachend. »Nein, im Ernst Mann, wenn du sie toll findest, wenn sie dich wirklich berührt hat, dann solltest du rausfinden, ob sie die Richtige ist für dich. Scheiß auf die Wahl, auf eure ...«

»Nein, nein es ist bereits alles in die Wege geleitet und ich werde mir Emma aus dem Kopf schlagen!«

Ein erster Blick in den Spiegel im Flur meiner Wohnung verrät mir, dass ich so aussehe, wie ich es die letzte Nacht getrieben habe. Glücklicherweise hat mich in diesem Aufzug keiner der Pressegeier gesehen und ich konnte unentdeckt in meine Wohnung flüchten.

Die Wohnung gehört Savannah und mir. Sie liegt in einem der begehrtesten Viertel New Yorks. Hier leben wir auf 250 Quadratmetern in einem großen Penthouse, das einen unglaublichen Blick auf den Central Park bietet. Die Wohnung ist das eine, aber meine wahre Kraftquelle, der Ort, an dem ich zur

Ruhe kommen kann, ist ein kleines Häuschen, das mir meine Großeltern vererbt haben. Es liegt in New Beach, direkt am Strand. Es ist klein, fast komplett aus Holz erbaut und ist doch der Ort, an dem ich mich tatsächlich zu Hause fühle. Mit einem Architekten versuche ich gerade das Haus wohnlicher zu gestalten, ihm mehr Luxus zu verpassen, ohne den Charakter des Hauses zu verändern. Meine Großeltern standen mir viel näher als meine Eltern. Sie waren bodenständig, nahbar und liebevoll. Eigenschaften, mit denen meine Eltern nicht gesegnet sind. Darum ist es mein Herzensprojekt, das Haus und dessen Charakter zu erhalten. Meine Großmutter Heidi ist schon vor Jahren verstorben. Ein Schicksalsschlag, den mein Großvater Luis nie überwunden hat. Sie war sein Ein und Alles. Meine Großeltern lernten sich mit Anfang zwanzig kennen und waren das glücklichste Paar, das ich kannte. Seit mein Großvater an dieser verdammten Demenz erkrankt ist, hat er eine kleine Wohnung in der Nähe des Strandes und lebt dort mit einer Pflegerin. Er ist nicht mehr der, der er war, und doch gibt es Momente, zu denen er klarer ist und ich Teile seiner früheren Persönlichkeit an ihm erkenne. Er war ein starker Mann, der sich für das Gute einsetzte. Er hatte Humor und ließ keinen Moment verstreichen, meine Großmutter glücklich zu machen und ihr das schönste Leben zu bieten, das sie nur führen konnte.

Die Wohnung in New York ist schön, aber kühl im Vergleich zum Haus in New Beach. Savannah möchte das Haus am liebsten verkaufen, sie mag es nicht und fühlt sich dort nicht wohl. Ihre Abneigung gegen das Haus hindert mich aber nicht daran, es zu mögen. Vor allem meine gelegentlichen Männerwochenenden, die viel zu kurz kommen, verbringe ich in New Beach, mit Jason, Maddox, Landon und gelegentlich auch mit Alexander. Auszeiten, die ich neben meinem stressigen Job bitter nötig habe. Mit dreißig Jahren führe ich ein Unternehmen, das jährlich Umsätze in Millionenhöhe erwirtschaftet. Das bringt nicht nur einen großen Gewinn, sondern auch Verantwortung für Hunderte Mitarbeiter mit sich. Während meiner Studienzeit beschäftigte ich mich schon mit Computerprogrammierung und später mit Apps. Meine Firma designt heute erfolgreiche Apps und ist für den Algorithmus hinter einer der führenden Suchmaschinen verantwortlich.

FÜNF

EMMA

»Wer war das denn?«, möchte Sophia neugierig wissen, als ich Luke gerade verabschiedet habe.

»Das«, sage ich und deute mit meinem Zeigefinger Richtung Tür, »war niemand.«

»Dieser Niemand«, sagt Sophia grinsend und malt Gänsefüßchen in die Luft, »sah aber ziemlich heiß aus, und ich habe noch nie gesehen, dass du einen Gast mit einem Kuss verabschiedet hast! Oder noch besser, dass tatsächlich einer über Nacht geblieben ist.« Sophia stemmt ihre Hände in die Hüften und setzt einen neugierigen Blick auf.

»Hat man hier kein Recht auf Privatsphäre?«, frage ich schulterzuckend und gehe Richtung Küche, um mir ein spätes Frühstück zuzubereiten.

»Na ja, Privatsphäre hin oder her, der Typ sah super aus, und ich denke, ihr hattet heute Nacht euren Spaß, und was am wichtigsten ist, du hast ihn hier schlafen lassen«, sagt Sophia aufgeregt. »Ich meine ja nur, da darf man doch wissen, wer es geschafft hat, meiner Schwester den Kopf zu verdrehen.«

Genervt atme ich aus, fülle mir etwas Müsli und Milch in eine Schüssel und setze mich damit zu Sophia an den Tisch.

»Wir sind einfach nur danach eingeschlafen, das kann mir doch wohl auch mal passieren. Tut mir leid, wenn du da irgendetwas gehört hast.« Peinlich berührt schiebe ich mir einen Löffel Müsli in meinen Mund. Dicht gefolgt von einem weiteren Löffel Müsli. Ich spüre, wie mein Magen knurrt. Der viele Sex heute Nacht macht wirklich hungrig.

»Quatsch, ich finde es klang sehr schön, zumindest so, als hättest du mit diesem Niemand eine unglaubliche Nacht gehabt«, kommentiert Sophia mit einem breiten Grinsen auf ihrem Gesicht und stützt anschließend ihr Kinn auf ihren Händen ab. »Ach Emma, ich freue mich einfach für dich.«

Amüsiert atme ich aus und schüttle meinen Kopf. Sophia trägt ihr Herz wahrlich auf der Zunge, ein Segen und ein Fluch zur selben Zeit. Für ihre Neugierde habe ich sie manchmal verflucht und gleichzeitig bewundert. Sophia strahlt so viel positive Energie aus.

»Erinnere mich, dass ich keine Typen mehr hier anschleppe oder dass ich dir beim nächsten Mal Ohrstöpsel verpasse.«

Entrüstet spielt sich Sophia auf, während ich mir ein Lachen verkneifen muss und weiter mein Müsli esse.

»Heißt das, du siehst diesen Mr Unbekannt wieder?«

»Nein, das werde ich nicht. Es war wirklich schön mit ihm, aber wie du weißt, bin ich nicht auf der Suche nach meinem Mr Right.«

»Schade«, meint Sophia und macht eine kurze Pause, die ich dazu nutze, mir noch einen Löffel in meinen Mund zu schieben. »Eine andere Frage, siehst du Adrian heute?« Erneut mustert sie mich neugierig mit großen Augen und nippt an ihrem Orangensaft.

»Ja, also wir gehen aus und ich weiß noch nicht, ob ich ihn dann mit hierher nehme oder ob ich noch kurz bei ihm vorbeischaue«, erzähle ich. »Sex hatte ich diese Nacht zumindest genug!«, gebe ich glucksend von mir und tatsächlich, im Moment steht mir der Sinn überhaupt nicht nach Sex mit Adrian. Dafür schwirrt, auch wenn ich es mir selbst nicht eingestehen möchte, ein gewisser Mr Mich-in-seinen-Bann-ziehend-Luke, viel zu sehr in mir herum.

Es ist erneut ein lauer Sommerabend in New York. Ich trage eine eng anliegende Hose, ein schönes dunkelblaues Top und High Heels dazu. Ein letzter Blick in den Spiegel zur finalen Überprüfung lässt mich zufrieden die Wohnung verlassen. Ich nehme den Lift Richtung Erdgeschoss und hänge mir meine Tasche über meine Schulter.

Adrian ist ein richtiger Gentleman. Er holt mich

mit seinem teuren Sportwagen zu Hause ab, damit wir zusammen zum Kino fahren können. Es ist bestimmt schon wieder einen Monat her, dass wir uns gesehen haben. Adrian arbeitet im Moment sehr viel. Neben seiner Arbeit in der Kanzlei seines Vaters, in der er als Anwalt tätig ist, kämpft er gerade in der Wahl um das Bürgermeisteramt New Yorks. In wenigen Wochen wird sich entscheiden, ob Adrian tatsächlich Bürgermeister dieser Metropole wird. Mich interessiert der Wahlkampf jedoch überhaupt nicht, denn Politiker waren noch nie etwas, das sonderlich mein Interesse hätte wecken können.

Adrian lehnt lässig an seinem Auto, hat eine Sonnenbrille in seine dunkelblonden Haare gesteckt und ein Lächeln hebt seine Mundwinkel, als er mich kommen sieht. Mit einem Kuss auf seine Wange begrüße ich ihn nach einer kurzen Umarmung.

»Hallo, Emma, schön, dich zu sehen«, sagt er schmeichelnd. Adrian ist jedes Mal so aufmerksam und öffnet mir wie ein Charmeur die Tür seines Autos. Bei ihm fühle ich mich tatsächlich manchmal wie eine Prinzessin, obwohl ich das eigentlich gar nicht möchte.

»Hast du Karten reserviert?«, möchte ich von ihm wissen. Er schüttelt seinen Kopf und startet den Motor seines Autos.

»Noch besser«, sagt Adrian und lässt seine Augenbrauen nach oben und schließlich wieder nach unten wandern.

»Was ist besser als Kino?«, will ich neugierig wissen.

Adrians Grinsen wird noch breiter.

»Ich habe uns zuerst einen Tisch im Il Mare reserviert und anschließend können wir einen Film bei mir zu Hause schauen.«

»Aber ich dachte, wir wollen nur ins Kino?«, werfe ich verwundert ein.

Adrian schüttelt seinen Kopf und grinst.

»Wenn ich schon mal einen Abend mit dir habe, dann will ich mich doch ein bisschen mehr ins Zeug legen.«

Adrian ist ein netter Kerl, er wurde die letzten Jahre ein richtig guter Freund. Ein Freund, mit dem es manchmal zu mehr kommt. Das konnten wir aber beide immer gut von unserer Freundschaft trennen. Man könnte das vielleicht auch als Freundschaft Plus bezeichnen. Jedenfalls funktioniert es schon sehr lange wirklich gut zwischen uns. Ich hoffe doch, ein romantisches Essen in einem der teuersten Lokale der Stadt wird daran nichts ändern.

»Okay, gegen ein Essen ist nichts einzuwenden. Ich bin gespannt auf den Abend«, lasse ich Adrian wissen.

Ein sanftes Lächeln umspielt Adrians kantiges Gesicht und seine braunen, dunklen Augen beginnen zu strahlen.

»Hier sind wir«, sagt Adrian und öffnet mir die Tür.

Er reicht mir seinen Arm, damit ich mich bei ihm einhängen kann, und führt mich Richtung Restaurant.

Schon von außen macht es einen exklusiven Eindruck. Ich war noch nie hier, kenne es aber vom Hörensagen. Wir bekommen sofort einen Tisch zugewiesen, Adrian ist hier in New York bekannt und wird rundum sehr geschätzt. So ist das, wenn man aus einer privilegierten Familie stammt. Eine Tatsache, die mir verwehrt blieb. Dafür besitze ich Entscheidungsfreiheit, und das ist mir doch noch wichtiger als das ganze Geld und das Ansehen.

Der Tisch wurde schön für uns vorbereitet. Arrangements wie diese sind kein Problem für ihn, und er hat bei unseren Treffen noch nie Kosten und Mühen gescheut, um mir einen tollen Abend zu bieten. Er und seine Familie haben genug Geld, um sich so besondere Dinge leisten zu können. Dabei sind mir solche Dinge gar nicht so wichtig. Ein gutes Gespräch mit einem Freund ist mir viel wichtiger als das ganze Drumherum.

»Wie geht es dir, Emma? Hast du schon einen Job in Aussicht? Du weißt, ich würde dich mit deinen Qualifikationen sofort einstellen«, sagt er, als wir uns an den Tisch setzen.

Dankbar lächle ich, doch ich lehne sein Angebot zum wiederholten Male ab.

»Danke, aber du weißt, dass ich Berufliches und Privates trennen möchte«, sage ich und Adrian nickt wissend. Wir haben diese Diskussion schon öfter geführt, und noch nie ist es ihm gelungen, mich umzustimmen. Egal, wie oft er es noch versuchen wird, da bleibe ich meinen Regeln treu.

»Ja, das weiß ich. Leider. Doch ich wünschte, ich könnte dich vom Gegenteil überzeugen. Nicht nur, weil ich dich wirklich mag«, sagt Adrian und macht eine kleine Pause, in der ich spüre wie sich mein ganzer Körper anspannt und das Adrenalin durch mich saust, während ich flehe, dass Adrian die schmale Grenze, zwischen Freundschaft und Mehr, nicht kaputt macht. »Ich mag dich sogar sehr, Emma«, spricht er weiter und sieht mir dabei viel zu tief in meine Augen. »Ich wünschte, du würdest dein Talent nutzen und bei mir arbeiten, vielleicht könnte sich dann auch mehr zwischen uns ... «, ist Adrian gerade dabei zu sagen, als ich ihn hastig unterbreche.

»Das ist wirklich lieb von dir, aber ich bleibe meinen Regeln da treu«, wiederhole ich mich und ernte einen etwas enttäuschten Gesichtsausdruck von Adrian.

»Schade«, meint Adrian etwas bedrückt und reicht mir ein Glas Wein.

»Dann auf unsere Freundschaft«, prostet er mir zu. Wir stoßen an und lassen unsere Gläser klirren.

»Emma, kannst du mir dennoch einen Gefallen erweisen?« Erwartungsvoll blickt Adrian mich an und legt seine Hand auf meinen Handrücken.

Neugierig mustere ich ihn und kaue nervös auf meiner Unterlippe herum. Ich mag es gar nicht, wenn sich Dinge plötzlich so ernst anfühlen, und Adrians Geste lässt alle Alarmglocken in mir läuten.

»Was wäre das für ein Gefallen?«

Frag mich bitte nichts, was unsere Freundschaft

gefährdet und mich in Bedrängnis bringt, flehe ich das Universum an und spiele nervös mit meiner freien Hand mit der Serviette vor mir herum.

»Begleite mich nächste Woche auf den Ball, ich weiß, es würde gut ankommen, wenn ich da mit einer Frau auftauchen würde, und ich kann ein paar Extrastimmen der New Yorker wirklich gut gebrauchen, um die Wahl zu gewinnen. Emma, bitte, du bist die Frau, die ich mir für den Abend an meiner Seite wünschen würde. Du würdest den Abend bereichern und eine bessere Begleitung als dich könnte ich mir, um ehrlich zu sein, nicht vorstellen.«

Voller Erwartung mustert mich Adrian und lässt mich dabei nicht aus seinen Augen.

»Bitte, Emma.«

Bei seinem Hundeblick konnte ich ihm noch nie einen Wunsch abschlagen, auch nicht, als er mich letztes Jahr bat, sein Date für die Firmenweihnachtsfeier zu sein.

»Okay«, flüstere ich und willige ein. Adrians Augen beginnen zu strahlen.

»War das ein *Ja*, wie *Ja, ich bin dein Date?*«

»Ja, Adrian, ich bin gerne dein Date für den Ball«, bestätige ich seine Frage und ernte dafür ein Lächeln von einem überglücklichen Adrian.

Glücklicher könnte Adrian wohl nicht auf mich wirken und ich erweise ihm gerne den Gefallen. Er ist ein guter Freund und für Freunde ist man doch da.

»Ich begleite dich als gute Freundin«, stelle ich die Dinge noch einmal zwischen uns klar.

Adrian nickt wissend und prostet mir mit seinem Glas zu.

Nach dem gemeinsamen Essen und noch einem weiteren Glas Wein sind Adrian und ich gerade dabei das Lokal zu verlassen.

Gemeinsam gehen wir aus dem Restaurant und Adrian hält mir die Tür auf. »Kommst du noch mit zur mir, Emma? Ich glaube, wir könnten uns noch einen schönen Abend machen und wir finden bestimmt einen Film, der uns beiden gefällt.«

Erneut funkeln Adrians Augen und tragen dabei dieses Glitzern in sich, das sie immer dann haben, wenn er sich für etwas begeistert, und ich kann mir schon sehr genau vorstellen, wie seine Planung des restlichen Abends aussehen wird. Kurz gehe ich die Pro- und Kontra-Argumente durch und entscheide mich schließlich für ein Ja. Ich meine, ich war so oft zuvor schon bei Adrian, und es wird nicht mein erstes Mal mit ihm sein, ich denke, er kann gut mit unserem Arrangement umgehen.

»Ich komme gerne mit, aber ich bleibe nicht über Nacht«, wende ich zur Vorsicht gleich ein.

»Vielleicht kann ich dich ja noch umstimmen, ich meine, dann könnten wir morgen gemeinsam frühstücken.«

Sanft legt er seinen Arm von hinten um meine Taille, als er mich Richtung Auto führt.

Plötzlich werden wir von einer Meute Paparazzi

bedrängt, die von allen Seiten auf uns zustürmen und wild Fotos von uns beiden knipsen. Mindestens vier Paparazzi kann ich erkennen, obwohl ich kaum etwas sehe, weil das helle Licht ihrer Blitze meine Augen völlig blendet. Adrian behält bei all dem Gedränge seine Nerven und legt weiterhin seinen Arm schützend um mich. Freundlich grüßt er die Paparazzi, und als er dann noch beginnt mit ihnen zu plaudern, fühle ich mich absolut fehl am Platz. Ich möchte etwas Distanz zu ihm aufbauen, um nicht auf weiteren Hundert Bildern abgelichtet zu werden, doch Adrian zieht mich wieder an sich heran, fast schon so, als wolle er, dass ich auf den Bildern zu sehen bin. Um ihm hier keine Szene zu machen, lasse ich ihn gewähren und warte geduldig ab, bis das Szenario ein Ende hat.

»Was war denn das?«, frage ich, als wir wieder in seinem Auto sitzen und endlich Ruhe vor den Paparazzi haben.

»Es tut mir leid, als Kandidat für die Bürgermeisterwahl stehe ich im Interesse der Öffentlichkeit, da kann das schon einmal passieren«, sagt er locker, wirkt dabei jedoch stolz auf das, was passiert ist.

»Damit könnte ich nicht leben«, sage ich kopfschüttelnd und schnalle mich an.

»Daran gewöhnst du dich«, sagt er beiläufig, worauf ich ihn irritiert von der Seite betrachte. »Ich meine, daran würdest du dich gewöhnen«, sagt er, nachdem er sich geräuspert hat und startet den Motor seines Autos.

Er fährt geradewegs Richtung seines Zuhauses, das

nur wenige Blocks von Summers und Alexanders Stadtwohnung, die gerade erst nach einem verheerenden Brand letztes Jahr wieder saniert worden ist, entfernt liegt.

»Also, ich hätte diese beiden Vorschläge«, sagt Adrian und zappt mit der Fernbedienung zwischen zwei Filmtrailern hin und her.

Ich widme mein Interesse keinem der beiden Filme. Um ehrlich zu sein, fühle ich mich gerade sehr unwohl in seiner Wohnung. So nahe bei ihm. Nach dem Abend mit Luke ist mir Adrians Nähe heute unangenehm.

»Adrian, ich will dich jetzt nicht enttäuschen«, beginne ich und räuspere mich. »Aber irgendwie ist mir die Lust auf einen Film komplett vergangen.«

Adrian nickt zustimmend und legt die Fernbedienung weg. »Du hast recht, die Situation vorhin war aufreibend, vielleicht wollen wir uns ein bisschen in meinem Whirlpool entspannen?«

»Ich möchte eigentlich nach Hause«, sage ich und atme gedehnt aus. »Wir können ein anderes Mal etwas zusammen machen, okay?« Ich rücke kurz näher an ihn und küsse ihn freundschaftlich auf seine Wange.

»Bist du sicher? Ich würde sehr gerne noch mehr Zeit mit dir verbringen«, meint er und legt seine Hand um meine Taille.

»Ein anderes Mal sehr gerne, aber heute bin ich

einfach nur erledigt«, sage ich und schiebe seine Hand von mir.

»Kann ich dich nicht umstimmen?«

Wieder schüttle ich meinen Kopf und schlüpfe in meine Schuhe und in meinen Mantel. »Ich werde ein Taxi nehmen und melde mich morgen bei dir. Vielen Dank für den schönen Abend und das nette Essen, aber ich bin einfach müde.«

SECHS

LUKE

»Savannah, schön dich zu sehen«, sage ich viel schnulziger, als ich es meine, aber wenn ich eines von meinen Eltern gelernt habe, dann, dass Probleme am besten unter den Teppich gekehrt werden sollten. Ob mich mein schlechtes Gewissen wegen heute Nacht plagt? Ja, ich war Savannah trotz unserer eher oberflächlichen Beziehung in all den Jahre nie untreu, auch wenn man das von ihr nicht gerade behaupten kann. Seit meinem vierundzwanzigsten Geburtstag ist sie an meiner Seite. Dieses Jahr ist unser sechstes Jubiläum. Ob ich es bereue, dass ich mit Emma geschlafen habe? Nein, ich hätte es bereut, wenn ich es nicht getan hätte, und eine verrückte Stimme in mir möchte Emma wiedersehen, auch wenn ich weiß, dass das gerade der absolut schlechteste Zeitpunkt ist, den ich mir dafür aussuchen könnte. Ob ich sie dann auch wirklich wiedersehen werde, hat mich Maddox heute gefragt. Nein, das werde ich nicht, ganz bestimmt nicht, auch wenn sich alles in mir gegen diese Entscheidung sträubt, aber ich kann all das, was ich mir aufgebaut habe, nicht über den Haufen werfen.

»Luke«, sagt Savannah trocken und stellt ihre Einkäufe im großen Flur unserer Wohnung ab. Mit einem blitzenden Gesichtsausdruck mustert sie mich argwöhnisch.

Savannah sieht prüfend an mir auf und ab, geht nahe an mir vorbei und bleibt dann mit verschränkten Armen vor mir stehen.

»Ich warte auf eine Erklärung, ich meine, meine Eltern waren außer sich, wie kannst du es nur wagen, das Treffen mit ihnen zu verpassen? Du hast mich lächerlich gemacht, an unserem Nebentisch saßen zwei meiner Freundinnen. Ich bin keine Frau, die man versetzt.«

»Savannah, tut mir leid, der Abend ist etwas aus dem Ruder gelaufen, und ich denke du kannst es verkraften, wenn ich euch einmal nicht mit meiner Anwesenheit beehre.«

Beschwichtigend hebe ich meine Hände hoch und verschränke sie anschließend vor meiner Brust.

»Luke«, sagt Savannah nun etwas energischer und erhebt ihre Stimme, die inzwischen vor Wut bebt.

»Savannah, ich denke, jeder braucht seinen Freiraum. Beim nächsten Mal werde ich wieder dabei sein, ich weiß ja, wie wichtig dir solche Termine sind.«

»Dann wärst du heute auch dabei gewesen«, zischt sie und verdreht genervt ihre Augen.

»Es tut mir leid, Savannah!«, versuche ich, die

Stimmung zu glätten, und entschuldige mich für mein Verhalten.

»Wage es nicht noch mal! Ich verlasse mich auf dich, du bist keine zwanzig mehr, du solltest dich mehr im Griff haben. Was denken nur die Leute von dir, wenn sie dich so sehen?«

»Es war keine Presse vor Ort.«

»Das hoffe ich für dich und vor allem für mich«, sagt sie mit erboster Stimme und geht mit ihren Einkäufen in ihr Schlafzimmer.

Nachdem ich Savannahs erneute Abwesenheit nachmittags schon genutzt und bereits alles Wichtige für mein Unternehmen abgearbeitet habe, steht nun der bessere Teil des Abends bevor. In meinen Trainingsoutfit setze ich mich auf meine Hantelbank und stelle die Gewichte für mein heutiges Training ein. Im Hintergrund läuft bereits Musik, die mich für das Training motiviert. Ich stemme die Gewichtsstangen nach oben, drücke sie komplett durch und versuche, sie einige Sekunden zu halten, dann senke ich sie schließlich. Erneut stemme ich die Gewichte, halte die Luft dabei kurz an und senke sie erneut. Das Training hat es wirklich in sich, aber ich will in Form bleiben und darum liege ich jetzt hier, stemme achtzig Kilogramm in die Luft und spüre, wie mir der Schweiß von meiner Stirn perlt.

»Luke«, höre ich Savannahs Stimme durch die geschlossene Tür des Trainingsraums. »Luke«, hallt ihre

Stimme erneut durch die Gänge unserer Wohnung. Ihre Schritte kommen näher und dann öffnet sie auch schon die Tür und steht vor mir. »Luke«, wiederholt sie meinen Namen, so als hätte ich sie vorhin nicht schon gehört und stemmt ihre Hände in ihre Hüften.

»Was ist?«, blaffe ich sie eine Spur zu unfreundlich an und richte mich auf der Trainingsbank auf.

Mein T-Shirt ist nass geschwitzt und meine Muskeln fühlen sich aufgepumpt vom Training an.

»Leistest du mir beim Essen etwa nicht Gesellschaft?« Empört lässt sie ihre Augenbrauen nach oben wandern, während sie auf eine Reaktion meinerseits wartet.

»Hast du für uns gekocht, mein Schatz?«, frage ich ironisch, weil ich die Antwort darauf sehr wohl kenne. Ich hebe mich von der Trainingsbank und wische mir mit einem kleinen Handtuch den Schweiß von meiner Stirn.

»Luke, willst du mich veräppeln? Du weißt, dass ich nicht koche, unsere Haushaltsdame hat gekocht. Ich mache mir doch nicht meine Finger schmutzig«, sagt sie kopfschüttelnd und stößt mich dann ein Stück von sich weg. »Geh dich davor noch duschen, ich stehe nicht auf Männerschweiß!«

Spitzbübisch neckend grinse ich und ziehe mir mein verschwitztes T-Shirt vor ihr über meinen Körper.

»Es gibt Frauen, die stehen auf so was«, necke ich sie. Savannah verdreht genervt ihre Augen und rückt noch ein Stück von mir ab.

»Frauen aus der Steinzeit vielleicht, die einen starken Beschützer brauchten, aber heute stehen Frauen auf ganz andere Dinge.«

Grinsend gehe ich an ihr vorbei ins Badezimmer und drehe das Wasser der Dusche auf. Ich lasse das Wasser warmlaufen und schlüpfe währenddessen aus meinen Trainingssachen. Während das warme Wasser meinen Körper trifft, kommen meine Gedanken an Emma zurück. Die Begegnung mit ihr hat mich komplett aus der Bahn geworfen. Dieses Kribbeln, dieses Herzklopfen habe ich vor Emma noch kein einziges Mal gespürt. Natürlich kenne ich das Gefühl der sexuellen Anziehung, doch dieses Gefühl Emma gegenüber ging viel tiefer. Ich erinnere mich noch gut an die Zeiten, als Savannah und ich frisch zusammen waren. Es war nicht immer so distanziert zwischen uns, es gab eine Zeit, da waren wir sogar so etwas wie Freunde.

Ich verteile das Duschgel auf meinem Körper und komme bei meinem Schwanz an. Mit gleichmäßigen Bewegungen fahre ich ihn auf und ab und lege meinen Kopf stöhnend in meine Nacken. Lustvoll bewege ich meine Hände über meinen Schwanz. Immer schneller und schneller lasse ich sie über meinen Schwanz wandern. Die Spannung wird immer größer, bis ich mir Emma vorstelle und dabei hart komme.

Nachdem ich gekommen bin, fühle ich mich wieder entspannter. Ich schlüpfe in meine Jeans und ein Poloshirt und werde Savannah wie besprochen Gesellschaft beim Essen leisten.

SIEBEN

EMMA

»Emma, weißt du wirklich, was alles zu tun ist? Ich meine, kommst du heute ohne mich klar? Es tut mir leid, ich weiß, das ist der ungünstigste Zeitpunkt, aber wenn ich den Auftrag in Philadelphia an Land ziehen will, dann muss ich da jetzt hinfliegen.«

»Jill, ich habe hier alles im Griff. Ich habe gerade die Tür zum Laden geöffnet, Elizabeth hat frische Tulpen besorgt und gekühlte Getränke stehen für das erste Gespräch heute Morgen bereits im Besprechungsraum. Ich habe alles im Griff. Und zu dir, Jill, es ist eine mega Chance, ich meine, du bist die beste Hochzeitsplanerin des Landes. Du wirst nicht grundlos nach Philadelphia eingeflogen. Genieß es, meine Liebe, und jetzt sorge ich dafür, dass wir viel Geld machen«, sage ich beschwingt in mein Handy.

»Du meinst, dass wir ein glückliches Paar bis zu ihrem schönsten Tag im Leben begleiten«, meint Jill mir erklären zu müssen, wobei ich sie durch Telefon schmunzeln höre.

»Ja genau, das habe ich gemeint. Habe ich mich so falsch ausgedrückt?«, antworte ich amüsiert und bekomme plötzlich fast einen Adrenalinschock. Ich habe das Gefühl, ich höre das Blut in meinen Ohren rauschen und verstehe Jill kaum noch vor lauter Aufregung. Mein Herz beginnt noch kräftiger in meiner Brust zu schlagen und ich schlucke schwer. Nein, nein, nein, das darf nicht wahr sein.

Ich bin kaum fähig zu reagieren, weil mein ganzer Körper unter Strom steht, und bringe keine Antwort heraus.

»Emma?«, dringt es dann doch an mich heran.

Ich versuche, mich zu fangen, doch in meinem unbedachten Moment der Panik verstecke ich mich hinter der Tür meines neuen Büros.

»Emma?«, dringt es erneut durchs Telefon.

»Ja, ja, Jill ich bin noch dran. Hör mal, Jill, hier gibt es ein Problem«, sage ich mit zusammengebissenen Zähnen.

»Was ist los?«, fragt Jill aufgebracht. Wie ich sie kenne, genügt das Wort *hier* und *Problem,* und sie würde sich am liebsten ins Büro beamen.

»Hör mal, kann nicht irgendjemand anderes das Paar übernehmen, das um zehn den Termin hat? Ich meine, was ist mit Elizabeth, sie kann das bestimmt ausgezeichnet!«

»Emma, sag mir, was da los ist bei dir! Elizabeth kann das nicht, sie arbeitet am Empfang und ich habe dir doch alles gezeigt«, sagt sie aufgeregt und macht eine kleine Pause. »Warte, kennst du den Typen? Tu mir das bitte nicht an«, fleht sie und stöhnt frustriert auf.

»Jill«, stöhne ich nur in mein Handy.

»Ich wusste, eines Tages wird uns dein Männerverschleiß teuer zu stehen kommen.«

Ertappt kaue ich nervös an meiner Unterlippe herum und suche angestrengt nach einer Lösung des Problems.

»Jill, was soll ich machen, ja, ich kenne ihn«, gestehe ich. Ich luge hinter der Tür meines Büros heraus und sehe die beiden immer noch bei Elizabeth am Empfangstresen stehen. Ausgerechnet Luke mit einer schwarzhaarigen Schönheit. Verdammt.

»Nein, Emma, nein, sag mir nicht, dass du mit dem Zehn-Uhr-Termin etwas hattest und wenn doch, dann sag mir, dass das lange, ganz lange her ist!«

Erneut atmet sie scharf ein und wieder aus, und ich bin mir sicher, Jill ist der Verzweiflung nahe.

»Ist Freitag lange her?«, presse ich angespannt heraus und warte auf ihre Reaktion.

»Nein, bitte, Emma, nein. Das ist der lukrativste Auftrag des Jahres, weißt du, wer der Mann ist?«

Ich schüttle meinen Kopf, obwohl ich weiß, dass Jill diese Geste nicht sehen kann.

Auf einmal klopft es an meine Bürotür und ich möchte mich gerade am liebsten in Luft auflösen, als plötzlich Luke vor mir steht. Mit ihm im Schlepptau die dunkelhaarige Frau in High Heels, deren Höhe einem Angst machen. Ich spüre, wie meine Wangen zu glühen beginnen und wie meine ganzen Hormone in mir kreuz und quer schießen. Achtlos lege ich, ohne mich von Jill zu verabschieden, auf und sehe dem wohl größten Fehler meines Lebens in die Augen.

Ich versuche, meine Contenance zurückzubekommen, also räuspere ich mich und lege mir eine blonde Strähne hinter mein Ohr.

»Freut mich, Sie hier begrüßen zu dürfen«, sage ich und stelle mich höflich zuerst Lukes Begleitung vor. Ihr beobachtender Blick wandert an mir auf und ab und bleibt schließlich nach einer ersten Prüfung an meinem Gesicht hängen. Mit einer gewissen Arroganz begutachtet sie mich, bis sie mir dann mit einem zuckersüßen Lächeln ihre Hand reicht.

»Savannah Hamington, ich bin die Braut in spe und freue mich, dass Sie unsere Traumhochzeit organisieren werden«, sagt sie etwas zu zuckersüß.

»Das Vergnügen ist ganz auf meiner Seite«, erwidere ich im selben Tonfall und setze mein bestes unechtes Lächeln auf. Erneut gleitet ihr prüfender Blick über mich. Die Tatsache, wie mich Luke gerade betrachtet, macht die Sache natürlich nicht besser. So, als hätte er einen Geist oder eine Fata Morgana gesehen, sieht er mich an, ohne den Blick von mir abzuwenden. Am liebsten würde ich ihn schütteln und rütteln und sonst was machen, damit er mich nicht so ansieht, wie er es gerade macht. Es ist eine Mischung aus Überraschung, Verwunderung und gleichzeitig glühen seine Augen vor Verlangen. Seine Gesichtszüge wirken überrascht, aber seine Augen tragen das gleiche Begehren in sich wie schon in der Bar. Sein Blick bringt mich komplett aus der Fassung und erneut muss ich mich fokussieren, um professionell aufzutreten.

Das gelingt mir vor allem ab dem Zeitpunkt, als Savannah Luke plötzlich einen sanften Stoß in seine Rippen verpasst.

»Schatz?«, ermahnt sie ihn und reißt Luke damit zurück in das Hier und Jetzt.

Auch ich fange mich wieder, meiner Professionalität sei Dank, und werde zu der, die ich eigentlich bin. Eine toughe Frau, die weiß, was sie will. »Wir kennen uns ja auch noch nicht«, sage ich und reiche Luke meine Hand. »Ich bin Emma, freut mich, dass ich Ihre Hochzeit organisieren darf.«

Ich spüre, wie ein Blitz durch meinen Körper saust und sich alles elektrisch anfühlt. Luke hält meine Hand schon viel zu lange und ich ziehe sie vorsichtig aus unserer Berührung heraus. Doch dieses feine Kribbeln und das Prickeln sind Sekunden später immer noch auf meiner Haut spürbar. Seine Berührung erinnert mich daran, wie nahe er mir diese eine Nacht war. An welchen Stellen ich seine Hände bereits gespürt habe und dabei seine Lippen auf meinen lagen.

»Guten Tag, ich bin Luke Benett«, stellt sich Luke vor und plötzlich weiß ich, was Jill vorhin meinte.

Luke Benett ist neben Adrian der weitere Kandidat für die Wahl des Bürgermeisters und er ist hier in New York sehr bekannt. Wie konnte ich ihn nicht erkennen? Er jetzt hier in diesem Anzug, fällt es mir wie

Schuppen von den Augen. Ich habe sein Bild schon unbewusst in unzähligen Zeitschriften gesehen, denn Luke besitzt ein großes Firmenimperium und zählt zu den erfolgreichsten Geschäftsmännern des Landes. Aber nicht nur ich war so blind, auch Jill hat Luke in der Bar nicht erkannt. Zu ihrer Verteidigung muss ich erwähnen, dass das Licht gedämpft war und sie Luke höchstens fünf Minuten gesehen hat. Getrunken haben wir an diesem Abend auch genug, aber das ist jetzt auch nicht mehr relevant. Ich kann es nicht mehr ungeschehen machen. *Verdammt.* Für das, was dann passiert ist, bin ich selbst verantwortlich, und da ist genug passiert. Tausende Bilder rattern in meinem Hirn auf und ab. Lukes Lippen auf meinen Lippen, seine Hände an meiner Taille, sein Körper nah an meinem, sein Schwanz in mir ... die Bilder wollen gar nicht mehr aufhören. Mehr und mehr Bilder tauchen in mir auf und bescheren mir ein Gefühl von roten, glühenden Wangen.

»Darf ich Sie in den Besprechungsraum führen«, biete ich den beiden an und räuspere mich abermals, um wieder klar denken zu können.

»Ja, sehr gerne. Wir sind schon so aufgeregt, nicht wahr, Luke? Ich habe so viele Ideen, und ich bin mir sicher, hier können sie alle umgesetzt werden«, schwärmt Savannah begeistert. »Ich bin eine erfolgreiche Frau, wissen Sie? Ich kann mich nicht auch noch um die Planung und die ganzen Details der Hochzeit kümmern, da bin ich froh, dass es Menschen gibt, die sich damit beschäftigen.« Sie hakt sich bei

Luke ein, eine Geste, die vor allem besitzergreifend wirkt. Ich bin mir sicher, sie gehört zu den Frauen, die ihre Beute verteidigen und erst die Lage abchecken, bevor sie sich entspannen können. Als ob ich Interesse an *ihm* hätte.

Ich führe Luke und Savannah in das große Besprechungszimmer und biete ihnen am runden Tisch jeweils einen Platz an. Mit einem Notizbuch und Kugelschreiber bewaffnet, setze ich mich zu den beiden.

»Also, bevor wir anfangen, sollten Sie mir einmal verraten, was Sie sich so wünschen. Was Ihnen beiden wichtig ist. Vielleicht auch ein Thema, das zu Ihrem Kennenlernen passt.«

Savannah blickt nachdenklich Richtung Luke und seufzt schließlich. »Gar nicht so einfach«, stöhnt sie auf und tippt mit ihren Fingernägeln auf dem Holztisch.

»Erzählen Sie mir einfach das, was Ihnen einfällt. Ich meine, in einer Bar werden Sie sich ja bestimmt nicht getroffen haben? Das wäre ja schon fast zu klischeehaft«, sage ich schmunzelnd und vielleicht ein kleines bisschen provozierend Richtung Luke.

Lukes reißt ertappt seine Augen auf und scheint für den Moment völlig baff zu sein. Sein überraschter Blick trifft mich, was mich kurzzeitig innerlich grinsen lässt. Das hat er auch verdient.

»Ich meine, was ist einzigartig an Ihrer Beziehung? Umso mehr Details ich erfahre, desto besser kann ich die Hochzeit später planen«, erkläre ich Luke und Savannah und besinne mich wieder auf das Wichtige: einen erfolgreichen Geschäftsabschluss.

»Luke, sag du doch auch mal was! Erzähl Emma, wie wir uns kennengelernt haben und wie romantisch unsere Beziehung ist.«

»Ich?« Lukes überraschte Miene trifft auf Savannahs fordernden Blick. »Ich finde, du kannst das viel besser als ich.«

»Luke, warum bist du heute so still? Gibt es etwas, das du mir gerne sagen möchtest?«

»Ich, nein, natürlich nicht«, sagt er hastig und richtet sich seine Krawatte.

»Liegt es noch immer an Freitag? Luke, du benimmst dich seitdem völlig daneben«, fährt Savannah Luke an. Dabei ist es ihr anscheinend völlig egal, dass ich dem Ganzen lauschen kann.

»Nein, ich habe dir doch erklärt, dass ich einfach etwas zu viel getrunken und meine Ruhe gebraucht habe«, erklärt Luke Savannah und wieder treffen sich unsere Blicke, die für einen kurzen Moment viel zu sehr miteinander verschmelzen.

»Männer sind oft sehr aufgeregt, gerade wenn es um solche wichtigen Themen geht«, entschuldige ich Lukes Verhalten und versuche, die Situation zu entschärfen. Jill würde durchdrehen, wenn ich den Auftrag nicht an Land ziehen würde. Der Hochzeitsmarkt ist stark umkämpft und Konkurrenz gibt es wie Sand am Meer. Für das Überleben der Agentur zählt jeder Auftrag.

»Das ist völlig normal, das kommt bei den besten

Männern vor. Aufregung vor einer Hochzeit ist völlig normal«, mische ich mich weiter ein und ernte dafür einen zustimmenden Blick von Savannah.

»Ja, natürlich, ich weiß ja, was ich an meinem Luke habe«, sagt sie mit süßer Stimme und legt demonstrativ ihre Hand auf seine. »Bestimmt hast du mit deiner Wahl so viel um die Ohren und das ist der Grund für dein Verhalten, nicht wahr?«

Stumm nickt Luke und setzt ein Lächeln auf seine Lippen.

»Wenn ich Sie etwas fragen darf?«, richtet sie sich nun an mich und beugt sich näher an mich heran.

»Sind Sie die Frau vom Cover? In der Presse wurde heute schon über Adrian Westwood und seine Freundin geschrieben. Laut dem Blatt sollte es sich dabei um Sie handeln«, verkündet Savannah so frei, dass ich glaube, mich verhört zu haben.

Aber nicht nur ich bin sprachlos und schockiert über das, was Savannah gerade gesagt hat, auch Luke neben mir hat sich an seinem Wasser verschluckt und muss wild loshusten. Das wird von Savannah kritisch beäugt und mit Missgunst bestraft.

»Luke, was ist los mit dir?«, fährt sie ihn an, als dieser wieder halbwegs die Fassung über sich wiedererlangt hat.

»Tut mir leid, ich weiß nichts von einem Cover«, sage ich und lasse ihr gar keine Zeit sich über Lukes Verhalten Gedanken zu machen.

Plötzlich packt Savannah eine bekannte Zeitschrift aus ihrer XXL Handtasche und präsentiert sie mir auf dem Holztisch. Ganz eindeutig, das sind Adrian und ich, als wir gerade das Lokal verlassen, das wir Samstag gemeinsam besucht haben. Adrian legt seine Hand um mich und führt mich gerade aus dem Restaurant. Ein zweites Foto ist abgebildet, das Adrian und mich in dessen Auto zeigt. *Verdammt,* denke ich und fahre mir frustriert durch meine blonden Haare. Diese Paparazzi vor dem Lokal haben die Bilder tatsächlich verwendet und in der Zeitung abgedruckt.

Als hätten sich alle guten Geister gegen mich verschworen, klopft gerade Elizabeth an der Tür und kommt mit einem riesigen Strauß roter Rosen zu uns herein. Freudig will sie mir den Strauß gerade überreichen, doch ich weise sie ab und winke sie von mir weg.

»Stell sie in irgendeine Vase.«

Verdutzt bleibt Elizabeth mit den Blumen vor mir stehen und legt ihre Stirn in Falten, ganz so, als wolle sie mir noch etwas sagen.

»Emma«, setzt sie an.

»Was?«

»Emma, die sind von Adrian und ich soll sie dir unbedingt persönlich überreichen, darum hat er mich extra gebeten. Ach, so romantisch, erst das Pärchenfoto von euch beiden und dann bringt so ein viel beschäftigter Mann noch Blumen persönlich vorbei. Du Glückliche«, schwärmt sie und reicht mir ohne meine Zustimmung die Blumen.

Angespannt atmend betrachte ich den Strauß Blumen.

»Ich Glückliche, nein wirklich, ich kann es kaum

glauben«, sage ich ironisch und lege den Strauß achtlos beiseite.

»Das ist ja romantisch«, schwärmt Savannah. Sie wirkt sehr angetan von meinem scheinbaren Beziehungsstatus. Ich denke nicht, dass sie ahnt, was zwischen mir und Luke Freitagnacht passiert ist. Bestimmt gehört sie zu den Frauen, die gerne ihr Revier klar abstecken, ehe sie sich vor einer anderen Frau entspannen können. Dabei ist eine Frau, die scheinbar in festen Händen ist, besser als eine, die einem womöglich den eigenen Mann wegschnappen könnte.

»Also ist an den Gerüchten etwas dran? Das ist ja schön, ich meine, auch wenn unsere Männer sozusagen rivalisieren, fände ich es doch schön, wenn ihr uns einmal bei uns Zuhause besuchen würdet. Wir können uns doch auch duzen, nicht wahr?«

»Ähm, ja, ich meine …«, stottere ich völlig überrumpelt, als Savannah sofort das Wort wieder an sich reißt.

»Dann kann ich dir auch zeigen, was Luke und ich so mögen. Vielleicht möchte ja Adrian auch mitkommen. Luke, du und Adrian, ihr wart doch zu Schulzeiten befreundet, oder nicht?«

»Das ist lange her, Savannah, und ich denke nicht, dass die beiden so viel freie Zeit haben«, sagt Luke unterkühlt. Dabei sieht er wenig begeistert über ihren Vorschlag aus und richtet sich erneut seine Krawatte.

»Emma, was hältst du von meinem Vorschlag?«

Savannah beugt sich über den Tisch und überschlägt ihre Beine. Meine Reaktion erwartend klopft sie mit ihren Fingern auf den Tisch. Oh, sie gehört ganz bestimmt zu den Frauen, die immer bekommen, was sie wollen, da bin ich mir sicher.

»Ich, ähm, ja wenn, dann werde ich alleine vorbeikommen. Oder noch besser«, sage ich nach einer kleinen Pause, »meine Chefin Jill, sie ist die Beste in ihrem Job und ich würde euch Jill wirklich sehr empfehlen. Sie ist heute leider verhindert, aber ab morgen ist sie zurück in der Stadt, und ich bin mir sicher, sie passt ausgezeichnet zu euch. Bestimmt kann sie eure Hochzeit noch viel besser organisieren, als ich das könnte. Sie hat auch mehr Erfahrung als ich und ist bestimmt die Richtige für euch«, schwärme ich ihnen von Jill vor, damit ich mir diese Scharade nicht antun muss.

»Das ist eine gute Idee, ich denke, wenn uns Emma diese Jill empfiehlt, dann sollten wir unbedingt ihre Kollegin als Planerin für unsere Hochzeit buchen«, schlägt Luke schon fast euphorisch vor.

Erneut betrachtet ihn Savannah missmutig und schüttelt ihren Kopf.

»Ich bestehe darauf, dass du die Hochzeit organisierst«, protestiert Savannah und lässt sich auch nach mehrmaligen Versuchen nicht davon abbringen.

Resignierend lenke ich schließlich ein und kann es kaum erwarten die Hochzeit des Jahres zu planen.

»Ich freue mich, dass alles klappt«, sagt Savannah vergnügt und klatscht in ihre Hände.

»Und ich freue mich erst«, sage ich und versuche mich zusammenzureißen.

Nachdem wir alle wesentlichen Eckpunkte besprochen haben, verabschiede ich die beiden aus dem Besprechungszimmer. Mein ganzer Körper fühlt sich nach diesem Gespräch zittrig an und ich schnappe mir einen Schokoladenriegel aus meiner Handtasche, ehe ich Jill anrufe.

»Alles klar?«, mit hochgezogener Stirn mustert mich Elizabeth, als ich gerade das Telefonat mit Jill beendet habe.

»Jap, alles klar«, sage ich ohne große Ausschweifungen. Ich bin froh, dass ich Jill den neuen Auftrag nicht ruiniert habe. Wider Erwarten lief es besser als geplant, auch wenn die ganze Situation einer schlechten Sitcom entsprungen sein könnte. Aber ich wäre nicht ich, wenn ich mich nicht auch dieser Herausforderung stellen würde. Challenge accepted – einer meiner liebsten Sprüche, der auch den Kühlschrank unserer WG ziert. Es ist mein Lebensmotto, mein Weg mit Dingen umzugehen, die ich sowieso nicht ändern kann. Da gehört Luke ganz oben auf meine Liste. Eine banale Sache eigentlich, wenn ich mich an meine Kindheit erinnere. Da waren Gewalt, Drogen und Alkohol Themen, die ganz oben auf meiner Liste standen. Eine Liste, vor der es keinen Schutz und keinen Ausweg gab. Heute sind es Kleinigkeiten im Vergleich zu damals und mit dem Thema *Luke* sollte ich problemlos klarkommen.

Immer noch neugierig mustert mich Elizabeth und

scheint nicht ganz schlau aus mir zu werden. Doch sie hat ihr Herz am rechten Fleck und ich bin mir sicher, sie ist nicht absichtlich so neugierig, vielmehr macht sie sich tatsächlich Sorgen um ihre Mitmenschen.

»Elizabeth, es ist alles in Ordnung, ich war gerade nur in Gedanken, aber wie es aussieht, bekommen wir den Auftrag.«

Jubelnd klatscht Elizabeth in ihre Hände.

»Das ist ja toll. Du wirst eine tolle Hochzeit planen, gerade weil du selbst so frischverliebt bist.«

Ich zucke nur teilnahmslos mit meinen Schultern und schalte nebenbei meinen Laptop ein.

»Ich widme mich dann wieder meinen Aufgaben. Ach, und, Emma«, sagt sie und macht eine kurze Pause. »Du kannst dich jederzeit an mich wenden«, damit schließt sie die Tür zu meinem Büro.

Nur kurze Zeit später kommt sie wieder zurück. Dieses Mal ist es Luke allein, den sie in Richtung meines Büros führt. Kurz wartet sie noch und blickt zwischen Luke und mir hin und her, bis sie schließlich wieder an ihren Arbeitsplatz geht.

»Was willst du?«, fahre ich ihn genervt an und verschränke meine Arme vor meiner Brust.

»Emma, es tut mir wirklich leid, ich wusste nicht, wer du bist und hätte ich gewusst, dass du unsere Hochzeit …«

»Schon gut, ist ja nicht so, dass du das einzige Arschloch auf dieser Welt bist. Typen wie dich gibt es wie Sand am Meer. Ich wünsche euch, dass ihr richtig glücklich werdet, eure Beziehung ist ja auf richtig tollen Grundpfeilern erbaut«, schnauze ich ihn an.

»So ist es nicht, das mit dir und mir, das war nicht geplant und ...«

»Und was?«, erneut falle ich ihm ins Wort. »Seit wann plant man so was denn? Warum bist du überhaupt noch einmal hier, solltest du nicht längst weg sein?«

Luke schüttelt entschuldigend seinen Kopf. »Ich habe mein Sakko im Besprechungsraum liegen lassen.«

»Was willst du dann in meinem Büro?«

»Ich wollte mich bei dir entschuldigen. Emma, lass es mich erklären.«

»Spar dir deine Entschuldigung und jetzt geh, ich habe noch genug zu erledigen! Den Besprechungsraum findest du bestimmt auch alleine. Nimm dein Sakko und dann verschwinde!«

Während ich Luke nachblicke, kommen meine Gedanken an den Abend im Club zurück. Luke wirkte so anders als heute hier im Anzug. Obwohl Adrian um den Posten kämpft, habe ich mir nie wirklich Gedanken um seinen Konkurrenten gemacht. Ein fataler Fehler, wie sich jetzt herausstellt. Ich meine, klar habe ich Luke auf Plakaten gesehen, aber um ehrlich zu sein, ich habe bei unserem Treffen in der Bar und der Rettungsaktion gar nicht darauf geachtet. Oder ich war komplett geblendet von ihm und habe alles um mich herum vergessen. Das wird mir nicht noch einmal passieren, das verspreche ich mir.

»Emma, ich wollte mich noch einmal bei dir bedanken für den heutigen Termin«, sagt Savannah durch das Telefon.

»Das ist doch selbstverständlich, ich möchte eine schöne Hochzeit für euch organisieren.«

»Ja, natürlich. Gerade wenn man selbst so verliebt ist wie du und Adrian, ach, dann ist das doch bestimmt noch viel einfacher.« Ich höre ihre Freude bis ans andere Ende der Leitung. Unglaublich, solche Frauen werden deine besten Freundinnen, sobald sie erfahren, dass man vergeben ist.

»Ja, ja«, gebe ich ihr nur zur Antwort.

»Dann begleite mich doch bitte am Wochenende nach New Beach, damit wir nach einer Location suchen können. Was hältst du davon?«, möchte Savannah wissen.

»Ja, das ist eine gute Idee«, gebe ich mich einverstanden. Es ist bestimmt einfacher eine gute Location vor Ort zu suchen und so kann ich sie und ihre Vorlieben auch besser kennenlernen.

»Dann sehen wir uns bald. Bye!«

ACHT

LUKE

»Luke. Beeil dich«, quengelt Savannah hinter mir, als ich mir gerade meine Krawatte vor dem Spiegel im Ankleidezimmer binde.

Genervt drehe ich mich um und fahre mir frustriert durch meine Haare. Savannahs Laune ist die ganze Woche schon auf dem Tiefpunkt. Meine eigene Stimmung macht die Situation hier zu Hause bestimmt auch nicht besser. Doch nichts kann mich diese Woche richtig entspannen. Weder das Training, noch der Abend mit den Jungs, noch nicht einmal die Tatsache, dass wir morgen nach New Beach fahren werden. Normalerweise ist es wie Urlaub, wenn ich nach Hause komme. Damit meine ich, meinen Großvater zu besuchen. Er lebt unweit seines alten Hauses in einer Wohnung. Er liebt das Haus am Meer und seine Pflegerin bringt ihn so oft wie möglich an den Strand. Für etwas Zeit in meinem Strandhaus und um meinen Großvater zu sehen, nehme ich sogar den Aufenthalt bei meinen Eltern in Kauf, deren Strandhaus nur eine Meile entfernt liegt. Savannah zieht es vor, im Haus meiner Eltern zu schlafen, statt in dem kleinen Strandhaus, das mir meine Großeltern geschenkt haben. Um unnötigen Stress zu vermeiden, willige ich jedes Mal ein, im Gegenzug dafür, habe ich immer wieder ein paar freie Stunden, die ich in die Renovierung des alten Strandhauses stecke. Eine willkommene Tätigkeit und so ganz anders als meine eigentliche Arbeit.

»Luke, ich möchte, dass du dich heute Abend unserer Verlobung angemessen verhältst, dass du den Leuten zeigst, wie wichtig ich dir bin!«

Genervt schüttle ich meinen Kopf. »Es kann uns doch egal sein, was die Leute von uns denken.«

Frustriert schnauft Savannah aus. »Luke, du weißt, wie wichtig es mir ist, was die Leute von uns denken, ich meine, du wirst der zukünftige Bürgermeister sein und dein Vater schon hoffentlich bald der Präsident unseres Landes. Die Reporter und all die anwesenden Leute werden uns im Blick haben. Ich will, dass sie nur das Beste von uns beiden in der Presse berichten.«

Ich drehe mich zu Savannah um und nicke schließlich. Es ist schließlich besser, wenn wir uns verstehen, als wenn wir uns gegenseitig angiften.

»Schon gut, wir werden den Leuten zeigen, wie beständig unsere Beziehung ist. Ich möchte ja, dass du glücklich bist und die Presse gut von uns berichtet.«

»Danke, du bist ein Schatz«, sagt sie strahlend und tätschelt meine Wange.

In einer schicken Limousine fahren Savannah und ich Richtung Ball, der im prächtigen Ballsaal des New Yorker Amtsgebäudes stattfindet. Die gesamte High Society New Yorks und zahlreiche geladene Gäste von außerhalb sind Teil des Schauspiels, bei dem sich die obere Gesellschaft ein Stelldichein vom Feinsten gibt. Ein roter Teppich ist ausgerollt, vor dem das Fahrzeug hält. Wie ein Gentleman helfe ich Savannah in ihrem teuren Kleid aus der Limousine. Mit einem einladenden Wimpernaufschlag und einem zufriedenen Lächeln hängt sie sich bei mir ein. Savannah sieht toll aus in ihrem Kleid, das in einem dunkelroten Ton gehalten ist. Sie ist definitiv eine attraktive Frau, und ich wäre eigentlich ein Idiot, wenn ich an eine andere als sie denken würde. Das erinnert mich an unsere guten Zeiten, in denen uns mehr verband als das hier. Vielleicht können wir ja doch irgendwie an dieses Band anknüpfen, wenn wir erst einmal verheiratet sind und ich die Wahl hinter mir habe. Stressfreier wird es dann bestimmt nicht, aber ich würde mir genügend Momente freischaufeln, um an unserer Beziehung zu arbeiten. Es ist mir bewusst, dass unsere Verbindung weit entfernt von einer romantischen Beziehung ist, und ich glaube nicht, dass das je wieder ein Element unserer Ehe sein wird. Aber eine gewisse freundschaftliche Ebene mit meiner zukünftigen Frau wünsche ich mir dennoch. Vielleicht ist es aber auch das Bild einer modernen offenen Beziehung im einundzwanzigsten Jahrhundert.

Ich führe Savannah die Stufen hinauf zum Festsaal. Gleich beim Eingang treffen wir auf einige bekannte Gesichter.

Alexander samt seiner bezaubernden Frau Summer sind hier. Seit ihrer Hochzeit hat Alexander die Mehrheit seiner Aufgaben an einen Geschäftsführer abgegeben und genießt sein Leben mit Summer in vollen Zügen.

»Hallo Luke. Freut mich, dass wir uns sehen«, sagt Alexander und begrüßt mich mit einem Handschlag, wohingegen sich die Damen mit einem Küsschen auf ihre Wangen begrüßen.

»Wie war eure Reise? Ich habe ja schon von Maddox gehört, dass ihr tatsächlich mit einem Campingwagen unterwegs gewesen seid.«

»Es war traumhaft«, erzählt Summer mit einem Strahlen und berichtet begeistert von ihren Abenteuern.

Die beiden sind mit einem restaurierten Campingwagen die Küste entlanggefahren. Für ihre gemeinsame Auszeit haben sie sich über zwei Monate Zeit genommen.

»Also ich«, meint Savannah und deutet auf sich, »könnte mir das ja gar nicht vorstellen. In einem Wohnwagen, auf engstem Raum, nur mit dem eigenen Partner, über zwei Monate ...Wie habt ihr das nur ausgehalten?«

»Ach, das war richtig schön, und glaub mir, da findet man genug Dinge, die man tun kann, und Platz spielt dabei keine Rolle«, sagt Summer Richtung Alexander zwinkernd.

»Ich kann mich Summer nur anschließen. Die Reise war wirklich toll. Ich habe das Gefühl, das hat uns beiden richtig gutgetan. Wir haben uns vorgenommen, jedes Jahr eine so lange Auszeit zu nehmen und uns in dieser Zeit nur auf uns zu konzentrieren«, erzählt Alexander und küsst Summer liebevoll auf ihre Lippen.

Summer und Alexander sind definitiv ein Paar, von dem man sich eine Menge abschauen kann. So verliebt und so zärtlich, gleichzeitig verbindet die beiden eine spürbare Freundschaft, die sie leicht und ungezwungen miteinander umgehen lässt. Tatsachen, die meiner Beziehung mit Savannah im Moment nicht entsprechen, aber vielleicht zumindest hinsichtlich der Freundschaft wieder entstehen können, wenn wir beide daran arbeiten.

Plötzlich winkt Summer jemanden zu sich, und als ich mich umdrehe, durchzuckt es meinen Körper auf allen nur möglichen Ebenen. Emma, in einem perfekt sitzenden Kleid in royalblau, kommt auf uns zu. Ich kann meinen Blick kaum von ihren dunklen Augen losreißen, bis ich ihn entdecke. Dicht hinter ihr geht niemand geringerer als Adrian. Wie ein Schoßhund läuft er ihr nach und streckt seine Hand nach ihr aus. Er möchte sie bremsen und legt schließlich besitzergreifend seinen Arm um sie. Bis gerade eben war ich mir noch so sicher, dass Savannah die Frau an meiner Seite werden kann. Doch Emmas plötzliches Auftauchen hier, wirbelt meine Gefühlswelt ordentlich durcheinander.

»Es ist schön hier, nicht wahr?«, verwickle ich Savannah in ein Gespräch, um mir von meinen inneren Dämonen nichts anmerken zu lassen.

»Ja, es ist wirklich durchaus schön hier. Natürlich hätte man die Dekoration etwas pompöser gestalten können, aber für dieses Event ist es wohl ausreichend«, meint Savannah, der ich nur halbherzig folge.

»Mhm, ja das stimmt. Die Dekoration ist sehr schön«, stimme ich ihr zu, da ich ihr kaum zugehört habe.

»Luke, das habe ich ja gar nicht gesagt. Ich meinte, die Dekoration hätte man noch pompöser gestalten können«, belehrt mich Savannah, während meine Aufmerksamkeit schon wieder nur Emma gilt.

NEUN

EMMA

Leg deinen Arm nicht um mich, würde ich gerade am liebsten sagen, doch Adrian wirkt, als wolle er keinen Millimeter von mir abrücken. Egal, welche eindeutigen Signale ich ihm sende, er scheint sie nicht zu verstehen. Den ganzen Abend geht das schon so. Adrian klebt an mir wie eine zweite Haut. Selbst meine so klare Ansage vorhin mit der Erinnerung, dass wir beide hier als Freunde sind, ist ihm wohl gerade entfallen. Dabei kann ich ein so besitzergreifendes Verhalten überhaupt nicht ausstehen. Diese Woche überhäufte mich Adrian permanent mit Anrufen und Geschenken, am liebsten hätte ich den heutigen Abend gleich abgesagt. Sophia redete mir jedoch ins Gewissen und meinte, ich könnte einen Freund nicht kurz vor so einem wichtigen Event hängen lassen. Natürlich hat sie recht, aber Adrians Aufdringlichkeit nimmt seit dem Wochenende permanent zu und das, obwohl wir die Regeln für unsere Treffen eigentlich so klar besprochen hatten. Ich hatte die ganze Zeit über das Gefühl, er käme gut mit unserem Arrangement zurecht. Ich dachte, dass auch er nicht an etwas Festem interessiert sei, dass er gar nicht auf der Suche nach einer Beziehung sei, aber nach den ganzen Aktionen, die er sich diese Woche geleistet hat, bin ich mir da leider nicht mehr so sicher.

Ich gehe noch schneller als eindeutiges Zeichen, dass Distanz hier gerade erwünscht wäre, doch Adrian scheint es abermals nicht verstehen zu wollen.

»Summer«, begrüße ich meine ältere Schwester. Ich löse mich aus Adrians umklammernder Berührung und falle stattdessen meiner Schwester in die Arme.

»Emma, schön dich zu sehen«, sagt sie und küsst mich liebevoll auf meine Wange.

»Was ist nur mit diesen Männern los, verstehen sie meine abweisenden Signale nicht mehr?«, flüstere ich ihr ins Ohr. Summer schenkt mir ein mitleidiges Lächeln und zuckt mit ihren Schultern. Während der Rest der Gruppe noch in ein Gespräch verwickelt ist, plaudere ich locker mit Summer, bis sich auch die anderen uns zuwenden. Plötzlich entdecke ich niemand geringeren als Luke und Savannah zwischen ihnen.

Völlig sprachlos stehe ich da und umklammere plötzlich wie mechanisch Adrians Hand. Was auch immer mich gerade geritten hat, ich bin mir sicher, ich werde es später bereuen. Ein Seitenblick Richtung Adrian genügt, um zu erkennen, dass er mehr als nur happy über meine Annäherung ist. Erneut verkleinert er den Abstand zu mir und begrüßt schließlich Luke und Savannah.

»Wie schön, euch hier zu sehen«, sagt Savannah und begrüßt mich zuckersüß, genauso wie schon bei unserer ersten Begegnung. Dabei kommt sie mir heute viel entspannter vor, das Wissen über meinen Beziehungsstatus scheint sie allgemein zu beruhigen.

»Hallo«, sage ich mit belegter Stimme Richtung Luke und meide ihn dann so gut es möglich ist.

Adrian steht in der Zwischenzeit so nahe bei mir und lässt keinen Platz mehr für mögliche Spekulationen zu unserem Beziehungsstatus. Es fühlt sich an, als hätte er nur auf eine Chance wie diese gewartet, und ich bin mir sicher, nach diesem Abend wird es zwischen uns nicht mehr so sein wie davor. Ich befürchte, ich habe Adrians Absichten die ganze Zeit über völlig falsch eingeschätzt. Er wirkt inzwischen nicht mehr wie ein Mann, der eine Freundschaft Plus führen kann, im Gegenteil. Ich habe das Gefühl, dass sich in der letzten Woche etwas verändert hat, und ich befürchte, Adrian will mehr von mir. Und wenn ich jetzt eins und eins zusammenzähle, seine Nachrichten, seine Anrufe und sein Verhalten mir gegenüber, dann wird mir einiges klar. Am liebsten würde ich gerade flüchten, doch wohin? Die Alternativen sind niederschmetternd. Da ist Luke links von mir, der mich immer noch keines Blickes gewürdigt hat und neben ihm Savannah, deren falsches Getue ich überhaupt nicht ausstehen kann. Summer und Alexander sind gerade abgerauscht und wollen den Abend auf der Tanzfläche eröffnen.

»Luke, du hast eine steile Karriere hingelegt«,

kommt es von Adrian, was mich wieder in das Hier und Jetzt zurückkommen lässt.

»Ich glaube, wir beide stehen uns in nichts nach«, kommentiert Luke mit wenig Interesse an Adrian, führt dann jedoch freundlichen Small Talk mit ihm. Mich hingegen meidet Luke weiterhin jeden Blickes.

»Ist es nicht schön, dass wir beide mit solch erfolgreichen Männern zusammen sind? Natürlich ist es nicht immer einfach die Frau an der Seite eines erfolgreichen Mannes zu sein, aber es hat doch auch seine Vorzüge«, sagt Savannah mit einem Grinsen.

»Natürlich, ganz wunderbar«, gebe ich trocken zur Antwort und richte meine Aufmerksamkeit wieder auf Adrian.

»Ich will tanzen, jetzt«, flüstere ich ihm zu.

Freudig nickt Adrian und ein siegessicheres Lächeln umspielt seine Lippen. Ist es falsch, ihn für heute Abend auszunutzen, um Luke möglicherweise zu entkommen? Ja, definitiv! Warum ich es mache? Keine Ahnung, das ist normalerweise überhaupt nicht meine Art, und ich bin mir sicher, dass ich es nach diesem Abend bereuen werde. Dennoch kann ich gerade nicht anders, als mich wie eine schlechte Version meiner selbst zu verhalten. Das Ganze ist, befürchte ich, noch viel schlimmer. Denn ein kleiner verrückter Teil in mir möchte Luke sogar eifersüchtig machen.

Adrian führt mich Richtung Tanzfläche. Auf dieser tanzen Summer und Alexander bereits verliebt wie am ersten Tag. Summer schmiegt sich eng an Alexander und dieser zieht sie noch näher an sich. Die beiden haben sich wirklich gefunden. Niemandem würde ich es mehr wünschen als ihr. Vielleicht gibt es sie ja doch, diese Liebe, und manch einer hat das Glück, sie zu finden. Ich für meinen Part gehöre zum Glück aber gar nicht zu den Suchenden. Ich bin sehr zufrieden mit meinem Leben und zwar so, wie es ist. Einen Luke in meinem Leben brauche ich nicht, auch wenn seine Anwesenheit erneut für dieses seltsame Flattern in meiner Magengegend sorgt.

Beim Einsetzten des nächsten Liedes legt Adrian seine Hände an meine Taille. Seine dunklen Augen betrachten mich begeistert, als wir zu tanzen beginnen. Adrian ist ein guter Tänzer, er beherrscht alle Standardschritte sicher und führt mich galant. Neben uns haben sich nun auch Savannah und Luke zum Tanzen eingefunden.

Obwohl ich es nicht will, kann ich mir einen Blick in Richtung der beiden nicht verkneifen. Ich werde mich an ihren Anblick gewöhnen müssen, immerhin bin ich ihre Hochzeitsplanerin, denke ich mir in einem Anflug von Verzweiflung. Ich werde noch so viel mehr der beiden sehen müssen: ihren Kuss vor dem Traualtar, ihren ersten Tanz als Mann und Frau ... ich könnte die Liste weiter fortsetzen. Doch ich lasse es lieber, denn dabei würde ich mich nur selbst quälen. Aber warum eigentlich? Luke ist einfach ein Mann, mit dem ich im Bett war. Nichts weiter!

»Alles klar?«, möchte Adrian wissen und zieht mich noch näher in seine Arme.

Für meine Verhältnisse definitiv zu nahe, sodass ich mich ein wenig von ihm lösen möchte. Doch Adrian scheint gar nicht daran zu denken, mich frei zu geben, und verstärkt seinen Griff um meine Taille nur noch weiter.

»Adrian, ich muss dir etwas sagen«, presse ich aus mir heraus und möchte mich erneut aus dem Tanz mit ihm zurückziehen.

Doch abermals lässt er nicht von seiner Berührung um meine Taille ab.

»Dann sag es doch hier, wir tanzen gerade so schön und so viele Augenpaare sind auf uns gerichtet.«

Er hat recht, wir stehen definitiv im Interesse der Öffentlichkeit. Aber nicht nur das, erst jetzt fällt mir auf, dass Lukes Blick nur mir gilt. Es ist ein Gefühl, als würden wir verschmelzen. Mir wird richtig heiß unter seinem Blick und ich spüre, wie meine Wangen zu glühen beginnen.

»Emma?«, holt mich Adrian wieder zurück und sichert sich meine uneingeschränkte Aufmerksamkeit. »Was hast du mit Luke?«

»Mit Luke? Ich ... gar nichts«, stammle ich ertappt und wende meinen Blick ab. »Adrian, das mit uns«, sage ich und mache eine kleine Pause, um die richtigen Worte zu finden. »Das wird nicht über Freundschaft hinausgehen. Es wird nur bei Freundschaft bleiben, es wird nichts anderes mehr zwischen uns geben.«

Erschüttert stoppt Adrian für einen Moment seine

Bewegung und bleibt mit mir auf der Tanzfläche stehen.

»Du hast einen anderen! Nicht wahr?« Wütend packt er mich bestimmender an meiner Hüfte. Er legt seine Hände fester um mich und zieht mich grob an sich heran.

»Nein, daran liegt es nicht und lass mich jetzt bitte los, ich möchte nicht mehr tanzen!«

Adrian verstärkt seinen Griff stattdessen. So eng, dass ich fast Panik bekomme. Ich hasse es, wenn mich jemand so fest packt und ich das Gefühl habe, nicht mehr fliehen zu können. Es erinnert mich an früher – an einen von Mums Freunden. Er war ein ekelhaftes Schwein und nur Summer konnte mich im letzten Moment vor ihm retten.

»Lass mich sofort los«, sage ich energischer und funkle ihn wütend an.

Ich möchte ihm hier keine Szene machen, aber wenn Adrian mich nicht sofort loslässt, bleibt mir keine andere Wahl.

Ich versuche, seinen Griff zu lösen, und funkle ihn wütend an. »Adrian, ich meine es ernst. Lass mich sofort los«, ermahne ich ihn nochmals etwas lauter.

Lukes Blick trifft dabei genau in dem Moment auf mich. Auf seiner Stirn zeichnen sich Sorgenfalten ab und er wirkt, als wolle er jede Sekunde zu uns herüber kommen und Adrian von mir wegstoßen.

Doch dann macht er etwas komplett Unerwartetes. Er flüstert Savannah etwas ins Ohr, was diese mit einem stummen Nicken bestätigt, und kommt auf mich zu.

»Darf ich einmal?«, fragt er und reicht mir seine Hand. Irritiert blicke ich zwischen Adrian und auch Luke hin und her. Doch bevor ich reagieren kann, fordert Savannah Adrian zum Tanzen auf und reicht ihm ihre Hand.

Adrians Blick kehrt wieder zu mir zurück, er willigt aber schließlich in den Tanz mit Savannah ein. »Also, darf ich bitten?« Luke reicht mir seine Hand. Sein Ausdruck ist viel weicher und nahbarer. Fast so, wie als ich ihn das erste Mal gesehen habe, als sich seine dunkelblauen Augen viel zu sehr in mein Herz brannten.

Vorsichtig reiche ich ihm meine Hand, und erneut ist es ein so tiefes Gefühl, dass es meinen ganzen Körper viel zu sehr einnimmt. Luke riecht viel zu gut, so gut, dass ich es in meinem Unterleib flattern spüre und ich mir verlegen auf meine Lippe beiße. Ich bin kaum fähig, ihm in seine Augen zu blicken, und als Luke seine Hände sanft an meine Taille legt, ist es fast zu viel für mich.

»Emma«, haucht Luke und legt eine Hand sanft um mein Kinn, damit ich ihm in seine Augen blicke.

»Danke«, flüstere ich und lege meine Hände um Lukes Nacken, während er mich über die große Tanzfläche führt.

»Nicht dafür. Ich könnte mir gerade nichts Schöneres vorstellen, als mit dir zu tanzen, und ich weiß, das klingt völlig idiotisch.«

Ich kann nichts auf Lukes Aussage antworten, weil

mich seine Worte viel zu sehr einnehmen und mein Herz auf einer Ebene berührt, wie es noch nie der Fall war.

»Wenn du willst, knöpfe ich mir deinen Freund mal vor«, sagt Luke.

Seine Augen spiegeln seine Wut wider, die ich vorhin schon in ihnen sah, als mich Adrian bedrängte.

»Nein, schon gut, ich denke, ich kann das mit ihm alleine klären, und Adrian ist nicht mein Freund. Vielleicht wäre er das gerne, aber ich bin gerade dabei, ihm zu zeigen, wo die Grenzen liegen.«

»Scheint, als würde er diese Grenzen nur ungern akzeptieren. Wenn du mich brauchst, ich bin da«, verspricht Luke und führt mich in eine erste Drehung.

Sicher lande ich wieder in seinen starken muskulösen Armen und spüre erneut dieses Kribbeln in mir.

»Wenn wir uns in einer anderen Situation begegnet wären«, sagt Luke wehmütig und lässt seinen Blick nicht von mir abschweifen.

»Dann wäre auch nicht mehr aus uns geworden, ich bin keine Frau, die einen Mann oder eine Beziehung sucht«, versichere ich.

Lukes Blick ist undurchdringlich. Seine dunkelblauen Augen funkeln dunkler als sonst und doch schüttelt er plötzlich lächelnd seinen Kopf.

»Glaub mir, du wärst meinem Charme verfallen«, sagt er mit einem spitzen Grinsen und wirbelt mich in eine weitere Drehung.

»So sicher wärst du dir?«, frage ich amüsiert, als ich wieder in seinen Armen gelandet bin.

»Ich würde alles darauf verwetten. Eine Anziehung wie die zwischen uns könntest du nicht ignorieren.«

»Und was ist mit dir?«, möchte ich von ihm wissen.

Erneut kommt er noch etwas näher an mich, wahrt dabei jedoch den Abstand, um keine Spekulationen für die Presse aufkommen zu lassen.

»Emma, ich wäre dir ausgeliefert, ich wäre Butter in deinen Händen, ich würde alles für dich machen!«

»Luke«, erklingt plötzlich Savannahs Stimme hinter uns. Wir beide fahren erschrocken auseinander.

»Ich habe wohl lang genug gewartet, ich möchte jetzt an unseren Tisch gehen«, klagt Savannah und tippt ungeduldig mit ihrem Fuß auf dem glatten Boden auf und ab, um ihre Aussage bestimmt noch zu untermauern. »Du hast lang genug mit ihr getanzt, sie ist bloß eine Angestellte, die unsere Hochzeit organisieren wird, mehr nicht«, setzt sie spitz nach.

»Natürlich, es tut mir leid«, entschuldige ich mich, obwohl ich innerlich schäume. »Und danke für den schönen Tanz, es war interessant zu erfahren, was du an Savannah liebst, und danke dir, Savannah, all diese Informationen helfen mir, eine Traumhochzeit für euch beide zu organisieren«, setze ich nach. Dabei bin ich selbst überrascht von meiner Improvisation und klatsche mein inneres Ich für diesen Schachzug ab.

»Ich bin schon sehr gespannt auf unsere Reise nach New Beach und hoffe, du wirst uns einen schönen Ort zeigen, an dem wir heiraten werden.«

»Uns? Wer fährt denn noch mit?«, möchte ich von ihr wissen.

Bitte sag nicht Luke, bitte sag nicht Luke, flehe ich stumm.

»Natürlich werden wir zu dritt fahren, es kann doch nicht schaden, wenn wir uns zusammen die schönsten Locations ansehen und du uns noch besser kennenlernst, nicht wahr, Luke?«

»Du bist aber früh zurück«, erklingt Sophias Stimme aus dem Wohnzimmer unserer WG.

»Ja, der Abend war nicht ganz so schön, wie ich es mir vorgestellt habe.«

Ich setze mich neben Sophia und schlüpfe unter ihre Decke, um es mir gemütlich zu machen.

Nachdem Luke und Savannah zu ihrem reservierten Tisch gegangen waren, versuchte Adrian nochmals sein Glück. Er hat mich an den Toiletten abgefangen, unter dem Vorwand, dass er sich entschuldigen wolle. Leider nutze er den Moment der Stille und wollte mich zu einem Kuss nötigen. Unsere Freundschaft gibt es wohl nicht mehr, genauso wenig wie meinen Glauben an die Männer da draußen. Wieso muss jeder Kerl so ein Schwein sein?

»Alles klar? Du siehst ziemlich fertig aus.« Nachdenklich mustert mich Sophia und legt ihren Arm um mich.

»Männer sind Schweine!«

»Auch dein Date heute Abend?«

Stumm nicke ich und lege meinen Kopf auf ihre Schulter. »Besonders der«, flüstere ich und schließe für einen kurzen Moment meine Augen.

Jill hatte recht, was die Sache mit Adrian betrifft. Von Anfang an hat sie mich gewarnt, ich solle vorsichtig sein, und ich dachte, sie sähe Gespenster. Er ist definitiv nicht zu unterschätzen, er wirkte so freundlich und wir hatten so viel Spaß zusammen – doch er ist ein Schwein, wie die anderen auch.

In meiner Tasche neben mir höre ich mein Handy läuten. Wer sollte mich so spät abends noch anrufen? Neugierig fische ich es aus meiner Tasche und spüre schon, wie mein Herz vor Angst und Wut schneller zu klopfen beginnt. Am liebsten würde ich das Handy gegen die Wand werfen. Schon wieder ruft mich eine Nummer anonym an. Ich entriegle das Display und halte mir das Telefon nervös an mein Ohr.

»Hallo, hier spricht Emma«, sage ich ins Telefon hinein. Ich warte auf eine Reaktion, die jedoch nicht kommt.

»Hallo?« Wieder keine Reaktion, bis schließlich eine verstellte Stimme abartig in den Hörer lacht. Sophia wirft mir einen unsicheren Blick zu. Eine Gänsehaut wandert über meinen Körper und mein Puls beschleunigt sich.

»Du Schwein! Ruf mich nie wieder an! Du brauchst dringend Hilfe!«, rufe ich wütend ins Handy hinein und lege schließlich auf.

ZEHN

LUKE

»John, bringen Sie mir sofort die Dokumente zum Chicago Deal«, befehle ich meinem Assistenten und schicke ihn aus meinem Büro.

Überrascht lässt Landon, mein Geschäftspartner und guter Freund, eine Augenbraue nach oben wandern.

»Was hast du denn heute für eine Laune?«

Beschwichtigend zucke ich mit meinen Schultern und klappe meinen Laptop auf.

»Nichts, ich muss die Schriftstücke noch aufsetzten, bevor ich sie nach Chicago schicken kann«, sage ich und blicke auf meine Armbanduhr. »Dafür bleibt mir nicht mehr viel Zeit, weil ich meinen Privatjet für elf Uhr gebucht habe, damit wir zeitig in New Beach ankommen.«

»Und sonst ist alles klar? Ich meine, normalerweise freust du dich doch, wenn du nach New Beach fliegst«, möchte Landon wissen und lehnt sich an meinen Schreibtisch.

Er hat recht. Normalerweise, das heißt, wenn ich weiß, dass mindestens ein freier Tag im Haus am Meer für mich rausspringt, dann freue ich mich auf die Zeit. Aber dieses Mal wird sich an meinem einzigen freien Wochenende vor der Wahl alles um unsere anstehende Hochzeit drehen. Wir werden unzählige Locations besuchen, Torten verkosten und dann ist auch noch Emma dabei. Emma, die mich seit unserer gemeinsamen Nacht in sämtlichen erotischen Phantasien heimsucht.

»Ja, ich meine, die ganze Hochzeitssache ist nichts, das mich wirklich interessiert ...«

John klopft nervös gegen meine Tür und tritt mit den Dokumenten herein. Ich weiß, dass mich manche meiner Mitarbeiter fürchten, dabei war das nie meine Intention. Ich möchte ein gutes Verhältnis zu meinen Angestellten pflegen.

»Danke, John«, sage ich deshalb freundlicher zu meinem Assistenten.

»Kein Problem, Boss. Wenn ich sonst noch behilflich sein kann?«, möchte er wissen und wartet meine Antwort ab.

Ich gehe gemeinsam mit Landon noch einmal den Vertrag für den Chicago Deal durch und unterschreibe ihn schließlich zusammen mit ihm. Landon und ich sind schon seit Studienzeiten gute Freunde und mit ihm als meinem Geschäftsführer kann ich mich beruhigt für ein paar Tage aus meinem Imperium zurückziehen.

»Wo bleibt sie denn?«, ungeduldig läuft Savannah vor dem Flugzeug auf und ab.

»Sie wird gleich da sein«, beruhige ich sie und gebe dem Piloten ein Zeichen, dass wir noch ein paar Minuten brauchen, bevor wir nach New Beach abfliegen können.

»Was, wenn sie es sich anders überlegt hat?«, fragt Savannah unglücklich. »Ich mache mir doch nicht die Mühe hier zu erscheinen, nur um dann auf meine Wedding Plannerin warten zu müssen. Sie kam mir die ganze Zeit schon so unzuverlässig vor. Und hast du gesehen, in welchen Klamotten sie herumläuft? Furchtbar. Wenn sie nicht bald auftaucht, kann sie was erleben. Wir haben einen straffen Zeitplan vor uns.«

»Savannah«, mahne ich sie. Ich hasse es, wenn sie sich so über andere stellt wie in diesem Moment. »Emma wird bestimmt gleich hier auftauchen.«

Als ich gerade meine Worte an Savannah richte, sehe ich schon Emma, die mit ihrem Handgepäck auf uns zu läuft.

Unweigerlich muss ich grinsen, Emma ist wirklich eine Herausforderung für sich. Genau fünf Minuten nach elf ist sie an der Maschine angekommen und wird von Savannah mit einem prüfenden Blick für ihr Zuspätkommen bestraft. »Ich wusste gar nicht, dass wir fünf nach elf verabredet waren«, sagt diese ironisch mit einem genervten Unterton in der Stimme.

»Tut mir leid, dass ich zu spät bin, aber der Taxifahrer hat sich verfahren und …«

»Ich dulde kein Zuspätkommen, verstanden?«, zischt Savannah wütend und unterbricht Emma mitten im Satz.

»Natürlich, es tut mir leid. Dafür werde ich dich mit meiner Arbeit nicht enttäuschen. Während des Fluges werde ich dir gleich ein paar erste Objekte zeigen, die für eine Feier in Frage kommen.«

Versöhnlich nickt Savannah und steigt in den Privatjet ein.

Nachdem es die letzten drei Stunden zwischen Savannah und Emma nur um Locations, Brautkleider, Torten und all den anderen Hochzeitskram ging, bin ich froh, nun wieder festen Boden unter meinen Füßen zu spüren. Während die Damen die Hochzeit wohl schon bis ins kleinste Detail planen, habe ich mich meiner Rede für die Debatte nächste Woche gewidmet. Vor einem großen Publikum werden mein Konkurrent Adrian und ich den Bürgern New Yorks Rede und Antwort stehen.

»Ich bin schon so aufgeregt. Wann werden wir uns die erste Location ansehen?«, fragt Savannah auf dem Weg zu unserem Mietwagen.

»Wir haben heute Nachmittag unseren ersten Termin«, entgegnet Emma und hält ihren Stoß Dokumente hoch. »Ich habe alles hier, wir können jederzeit starten.«

»Perfekt, ich kann es kaum erwarten.«

Savannah klatscht vergnügt in ihre Hände und steigt in das Fahrzeug ein, das ich für die Zeit hier gemietet habe. Sie setzt sich ihre große Sonnenbrille auf. Anschließend zieht sie ihr Handy aus ihrer Handtasche und starrt die restliche Fahrt nur mehr in ihr Smartphone. Emma hingegen scheint von der schönen Kulisse begeistert zu sein. Verträumt betrachtet sie die Küste und das Meer, während ich zum Haus meiner Eltern fahre.

Die Umgebung ist wunderschön, und ich kann gut verstehen, warum sie Emma so sehr in ihren Bann zieht. Das weite, schier endlos wirkende Meer, davor die Küste, die je nach Abschnitt steiler verläuft und dann wieder ganz flach mit einem wunderschönen Sandstrand Richtung Meer endet. Dazwischen reihen sich Dünen, Palmen und schöne Häuser, direkt vor dem Meer. Ich öffne das Fenster, durch das die feine Meeresbrise hereinzieht und mich sofort an meine Kindheit bei meinen Großeltern erinnert.

ELF

EMMA

Ich bin noch nie aus New York rausgekommen und eine so schöne Umgebung habe ich bisher nur auf Bildern oder im Fernsehen gesehen. Jill und ich haben zusammen die schönsten Orte hier in der Nähe gesucht, die sich zum Feiern einer Hochzeit anbieten würden. Ich hoffe, ich kann Savannah mit meinen Ideen überzeugen und dass zumindest eine Location dabei ist, die ihren Erwartungen entspricht.

Es ist nicht nur Savannah, die ich überzeugen muss, ich bin auch schon sehr gespannt auf Lukes Familie, bei der wir die Zeit hier in New Beach verbringen werden.

Luke fährt die Straße entlang der Küste und wird schließlich langsamer, als wir eine große Villa erreicht haben. Das Anwesen liegt direkt am Meer und ist im italienischen Stil gehalten. Ein wirklich eindrucksvolles Zuhause.

»Hier sind wir«, sagt Luke und parkt das Auto auf einem der Parkplätze vor dem Haus.

Erst jetzt steckt Savannah ihr Handy wieder in ihre Handtasche und schiebt sich ihre Sonnenbrille ins Haar. Ohne weitere Worte steigt sie aus dem Auto aus und marschiert geradewegs Richtung Eingang.

»Ich hoffe, du kommst mit meinen Eltern klar, sie sind sehr speziell«, sagt Luke, als nur noch wir beide im Auto sitzen.

»Ach, du kennst meine Mum nicht, ich denke dagegen wird das hier ein Kinderspiel«, sage ich schulterzuckend, was Luke ein Lächeln entlockt.

»Ich bin gespannt, ob du das nach diesem Wochenende immer noch sagst«, stellt er grinsend fest.

Die Tür des großen Anwesens öffnet sich. Ich erkenne eine ältere, aber immer noch sehr schöne Frau mit dunkelblonden Haaren, die zu einem edlen Knoten gebunden sind. Sie trägt ein dunkelblaues Kleid, das über ihre schlanken Beine reicht und setzt ein Lächeln auf, als sie Savannah begrüßt. Die beiden wirken, als hätten sie eine perfekte Performance einstudiert. So, als wären sie einem Film entsprungen, begrüßen sie sich mit einem Kuss auf ihre Wangen.

»Sie scheint nett zu sein«, stelle ich fest, was mit einem verächtlichen Schnaufen von Luke kommentiert wird.

Doch plötzlich verändert sich die Miene seiner Mutter. Ihr skeptischer Blick wandert von Savannah zu uns und bleibt am Auto haften, in dem wir immer noch sitzen und eigentlich längst hätten aussteigen sollen.

»Glaub mir, meine Mutter ist alles andere als nett«, meint Luke und öffnet die Tür des Jeeps.

Ich tue es ihm gleich und bleibe neben Luke stehen, bis wir uns beide gemeinsam Richtung Eingang aufmachen.

»Dann könnten sich unsere Mütter zusammentun«, gebe ich ihm kichernd zur Antwort, was von einem tiefen kehligen Lachen von Luke erwidert wird.

»Na, ihr beiden, was ist hier so witzig? Wollt ihr mich nicht einweihen? Oder zumindest deine bezaubernde Verlobte? Ich denke, Savannah hätte auch gerne etwas zum Schmunzeln.« Mit diesen Worten als Begrüßung hätte ich nicht gerechnet, und doch überraschen sie mich nicht, als ich jetzt vor seiner Mutter stehe.

Tatsächlich, sie wirkt kalt und manipulativ. Ihre Augen sprechen Bände, und wie sie Luke und schließlich mich betrachtet, sagt mehr aus, als es Worte je tun könnten. Ihr Blick wandert an mir auf und ab, sie begutachtet mich mit dem gleichen abfälligen Ausdruck, wie es Savannah zu Beginn tat. Diese konnte ich aber zu meinem Glück von mir überzeugen, sodass sie mich zumindest als ihre Hochzeitsplanerin akzeptiert. Bei seiner Mutter bin ich mir da aber nicht so sicher.

»Hallo Mutter, schön dich zu sehen«, sagt Luke steif und deutet schließlich auf mich.

»Darf ich dir Emma vorstellen? Sie ist unsere Hochzeitsplanerin.«

»Ich bin Mallory Benett, für Sie Mrs Benett, und ich weiß wer Sie sind«, sagt sie an mich gerichtet und lächelt spitz. »Ich prüfe die Personen, mit denen mein Sohn, und natürlich meine zukünftige Schwiegertochter, verkehren, auf Herz und Nieren. Und zu Ihnen, meine Liebe«, sagt sie mit einer gefährlich klingenden Bestimmtheit »habe ich mir ein ganz genaues Bild gemacht. Denn eines ist mir sehr wichtig: die Hochzeit meines Sohnes!«

Kurz muss ich bei ihren Worten hart schlucken und mich darauf besinnen wer ich bin: Emma, eine starke junge Frau, die sich von niemandem einschüchtern lässt!

»Natürlich, darum möchte ich die schönste Hochzeit für Ihren Sohn und Ihre zukünftige Schwiegertochter planen«, sage ich viel selbstsicherer, als ich mich gerade fühle, und unterstreiche meinen Satz mit einem breiten Lächeln.

Ein Blick zu Luke genügt, und ich spüre, dass er die Worte seiner Mutter im Moment auch nicht richtig deuten kann. Geht es ihr tatsächlich nur um sein Wohl oder weiß sie mehr?

»Meine Liebe, wissen Sie, ich weiß ja, dass ihre Freundin Jill noch sehr jung ist und gerade erst dabei ist, sich eine erfolgreiche Agentur aufzubauen. Skandale wären für das Image der Agentur nicht zu verkraften. Ich denke, wir beide verfolgen das gleiche Ziel: eine wunderschöne Hochzeit.«

Savannah nickt bestätigend und scheint sich ausgezeichnet mit Lukes Mutter zu verstehen.

»Ich habe mich auch ein bisschen zu Ihnen schlau gemacht. Ihre Familie stammt ja aus sehr schwierigen

Verhältnissen, umso mehr freut es mich, dass Sie etwas aus ihrem Leben machen konnten. Da ist man bestimmt viel vorsichtiger, um all das, was Sie sich aufgebaut haben, nicht wieder zu verlieren.«

»Mutter, ich glaube, das war im Moment genug der Freundlichkeiten. Emma wird sich sicher genug Mühe geben, du schüchterst sie noch komplett ein«, sagt er mit Nachdruck an sie gerichtet.

Ihre Worte lassen eine Gänsehaut über meinen Rücken wandern. Ich frage mich, was sie tatsächlich weiß, ob das gerade einfach nur eine erste Prüfung war oder eine ernstzunehmende Drohung.

Um in ihr gar keine Zweifel aufkommen zu lassen, obwohl ich sie jetzt schon verachte, versuche ich all ihre Bedenken aus dem Weg zu räumen.

»Mrs Benett, Sie können mir vertrauen. Mir liegt das Wohl meiner Kunden und die Erfüllung ihrer Träume sehr am Herzen und ich werde mein Bestes geben!«

»Oh, da bin ich mir sehr sicher«, sagt sie in einer viel zu hohen Stimmlage und reicht schließlich Savannah ihre Hand.

»Komm, Liebes, ich habe uns den Tisch auf der Terrasse vorbereiten lassen.«

Unentschlossen bleibt Luke neben mir stehen und schüttelt genervt seinen Kopf.

»Tut mir leid«, flüstert er, als seine Mutter plötzlich abrupt stehen bleibt und sich räuspert.

»Luke, möchtest du uns nicht Gesellschaft leisten?

Ich denke, es wäre angebracht, dass du deine Verlobte begleitest.«

»Und Emma?«, fragt Luke und deutet in meine Richtung. »Mutter, ich denke es wäre doch nett, Emma auch näher kennenzulernen.«

Doch diese verdreht nur theatralisch ihre Augen und schüttelt ihren Kopf.

»Schon gut, Luke«, flüstere ich und beiße mir verlegen auf meine Lippen. Wenn ich etwas gar nicht mag, dann ist es, sich richtig fehl am Platz zu fühlen, und genauso fühle ich mich gerade.

»Luke, ich denke unsere Wedding Plannerin wird sich schon ein paar Minuten allein beschäftigen können«, mischt sich nun auch Savannah ein.

»Ach, ich habe ganz vergessen, euch mitzuteilen, dass ich das Gästezimmer renovieren lasse. Emma, Sie können doch bestimmt in die Stadt fahren und sich ein Zimmer in einem Hotel suchen. Später habt ihr dann sicher noch genug Zeit, um eine Location für die Hochzeit zu finden«, sagt sie an Savannah gerichtet und geht mit ihr Richtung Terrasse.

»Es tut mir leid«, sagt Luke erneut und kommt näher auf mich zu.

»Du hattest recht, deine Mutter ist wirklich sehr speziell«, sage ich schulterzuckend und atme angespannt aus.

»Ich glaube, sie weiß etwas von uns«, meint Luke und deutet mit seinem Zeigefinger zwischen uns beiden hin und her.

»Was sollte sie wissen? Und woher?« Zweifelnd

ziehe ich meine Stirn in Falten und kann mir keinen Reim darauf machen.

»Es wäre nicht das erste Mal, dass sie jemanden auf mich angesetzt hat.«

»Das ist nicht dein Ernst? Deine Mutter hat jemanden beauftragt, dich zu beschatten?«

Luke bestätigt meine Frage mit einem Nicken.

»Das ist echt krank«, sage ich empört. »Und außerdem: Es gibt kein *Uns*, und es gibt nichts, was sie wissen kann, und wenn doch, dann würde das Jills Agentur zerstören. Das darf nicht passieren«, sage ich kopfschüttelnd und trete einen Schritt von Luke zurück, als plötzlich eine junge Frau auftaucht, die große Ähnlichkeit mit Luke hat.

Sie hat die gleichen blauen Augen und dunkelbraune lockige Haare, die sie offen trägt. Im Gegensatz zu Luke hat sie ein paar Sommersprossen, die ihr Gesicht auflockern und sie verträumt wirken lassen. Ich schätze sie rein optisch auf etwa achtzehn Jahre.

»Bruderherz«, sagt sie vergnügt und fällt Luke um seinen Hals.

Die beiden begrüßen sich mit einer innigen Umarmung, bis sie von Luke ablässt und sich mit einem freudigen Grinsen mir widmet.

»Und du bist?«, fragt sie, lächelt vergnügt und, als ich ihr antworten will, fällt sie mir bereits ins Wort. »Sag mir, dass du seine neue Freundin bist, ich meine, ihr beide habt eine richtig tolle Chemie«, stellt sie mit einem Zwinkern fest.

»Ich muss dich enttäuschen, Schwesterherz. Savannah ist nach wie vor an meiner Seite«, sagt er grinsend an seine Schwester gerichtet.

»Schade, ich dachte ja, du seist doch noch zur Vernunft gekommen und würdest dir mit deinen dreißig Jahren nicht mehr von Mum und Dad vorschreiben lassen, was du machen sollst und was nicht.«

Innerlich muss ich schmunzeln, so viel Harmonie zwischen Geschwistern liebe ich. Sie erinnern mich so sehr an meine Schwestern und mich.

»Ich bin übrigens Ashley«, stellt sie sich vor und reicht mir ihre Hand.

»Jetzt weiß ich auch, warum Mum das Gästezimmer genau dieses Wochenende renovieren wollte. Ich bin mir sicher, sie hat Angst, dass du der lieben Savannah bei so einem sympathischen Besuch doch noch abspringst«, sagt sie amüsiert und stupst ihrem Bruder in dessen Rippen.

»Ich werde dann mal eine Möglichkeit suchen, um in die Stadt zu kommen«, werfe ich kurz in das Gespräch der beiden ein. Ich bin gerade dabei, Richtung Auffahrt zu gehen, als ich von Luke aufgehalten werde.

»Ich habe eine bessere Idee«, schlägt er vor und hält mich auf. »Du schläfst in meinem Haus, das ist zwar vielleicht nicht so luxuriös wie ein Hotel, aber es liegt direkt am Strand und ich kenne keinen schöneren Ort als diesen. Du wirst es ganz bestimmt lieben.«

Kurz überlege ich, willige aber schließlich mit einem Nicken in seinen Vorschlag ein.

. . .

»Ich hoffe, du bekommst meinetwegen keinen Ärger«, sage ich, als wir zusammen Richtung Lukes Haus fahren.

»Bin ich fünf?«, fragt Luke grinsend.

»Für deine Mutter vielleicht«, stelle ich lachend fest und lasse meinen Blick dann wieder aus dem Fenster gleiten.

Je weiter wir nach Süden fahren, desto schöner wird die Gegend. Die Küsten fallen flacher ab und der Sandstrand vor dem Meer ist viel heller, er wirkt auf eine wunderschöne Weise perfekt.

Luke und ich sitzen schweigend nebeneinander, als er zu einem kleinen Haus am weiten Strand einbiegt.

ZWÖLF

LUKE

»Hier sind wir«, sage ich und öffne die Tür zu meinem Strandhaus. Emma tritt zuerst ein, und ich folge ihr, nachdem ich ihre Sachen im Vorraum abgestellt habe.

Ich beobachte sie, wie sie durch das ganze Haus wandert, sich jeden Raum ansieht.

»Es wirkt so einladend«, sagt Emma staunend.

»Meine Großeltern haben es mir noch zu Lebzeiten meiner Großmutter vermacht. Mein Großvater wohnte nach ihrem Tod hier, bis es für ihn zu schwer wurde, die Stufen hinauf Richtung Schlafzimmer zu bewältigen, und wir entschieden, dass er besser in eine Wohnung in der Nähe umziehen sollte. Es war ein großer Wunsch meiner Großeltern, dass ich das Haus erbe«, erzähle ich ihr, während ich ihr das ganze Haus zeige. Es ist zwar nicht mit dem Strandhaus meiner Eltern vergleichbar, dafür ist es richtig gemütlich. Es besteht hauptsächlich aus Holz, innen sowie außen, und Elemente der Natur wurden eingearbeitet. Der untere

Wohnbereich ist großzügig gehalten, mit einem Kamin, einer Couchlandschaft und einer weißen Küche. Dazu ein Esstisch, der für eine gemütliche Runde Platz bietet. Über eine Treppe gelangt man zu den drei Schlafräumen und einem großzügigen Badezimmer. Nach der Hausführung befinden wir uns schließlich wieder im Wohnzimmer und Emma öffnet die große Glastür Richtung Terrasse.

»Luke, es ist wunderschön«, sagt sie staunend.

Ihre Augen glitzern und das helle Licht der Sonne lässt ihr dunkles Braun wie feinen Bernstein glänzen. Die Terrasse führt über wenige Stufen Richtung Strand und Meer, das sich vor dem Haus erstreckt.

»Du hast dir hier wirklich ein Paradies geschaffen«, sagt sie begeistert und schlüpft aus ihren Sneakers. »Es tut mir leid, wenn ich dich hier so stehen lasse«, sagt sie lächelnd zu mir, »aber ich muss unbedingt zum Meer. Ich war noch nie am Meer und ich kann es kaum erwarten den Sand unter meinen Füßen zu spüren.« Emma läuft freudig die Stufen Richtung Strand hinunter.

Mit viel zu vielen Schmetterlingen im Bauch beobachte ich sie, wie sie in einem weiten Sommerkleid Richtung Meer läuft. Sie lacht vergnügt und wirkt dabei so echt und lebendig. Mit einem Lächeln auf meinen Lippen schaue ich ihr zu und kann mich gar nicht sattsehen an diesem erfrischenden Anblick.

»Willst du nur zusehen oder selbst Spaß haben?«, ruft mir Emma beschwingt zu.

Das muss sie mir nicht zweimal sagen. Ich schlüpfe

aus meinen Schuhen und meinem Poloshirt, beschließe auch meine Hose auszuziehen und laufe nur mehr in meinen Boxershorts Richtung Meer.

Erneut steigen Zweifel in mir hoch, doch auch dieses Mal ist es wie die verbotene Frucht, die mich mehr reizt, als bestimmt gut ist. Warum sollte ich es nicht genießen, einfach unbeschwert mit Emma hier herumzutollen, ohne Hintergedanken. Sie ist anscheinend genauso wenig an einer Beziehung interessiert wie ich. Was soll schon schiefgehen?

Emma bleibt kurz vor dem Wasser noch einmal stehen und dreht sich zu mir um. Ihre blonden Haare glänzen im Licht der Sonne und ihre Augen funkeln vor Lebensfreude.

»Ich hätte nicht gedacht, dass ein Anzugträger wie du so erfrischend sein kann!«

»Vielleicht bin ich ja doch abenteuerlustiger, als man denkt.«

»Wer weiß«, sagt sie mit einem Grinsen auf ihren Lippen.

Emmas Blick wird lustvoller und ich Idiot kann meinen Blick abermals nicht von ihr losreißen. Sie schiebt einen Spaghettiträger ihres Kleides vorsichtig über ihre Schulter und lässt im nächsten Augenblick ihr Kleid nach unten rutschen. Nur mehr in ihrer knappen und viel zu aufreizenden Unterwäsche steht sie vor mir. Emma läuft an mir vorbei Richtung Ozean und bleibt abwartend im seichten Wasser stehen.

»Meinst du so?«, fragt sie keck und spritzt eine Ladung Salzwasser auf mich.

Na warte, denke ich amüsiert und tue es ihr gleich.

»Genau so!«, kreischt Emma vergnügt auf und taucht im Wasser unter. Ihre Augen glitzern noch mehr, als sie wieder auftaucht und ihre glatten Haare beginnen, sich durch das Salzwasser zu locken. Sie ist mehr als nur die verbotene Frucht. Emma ist die größte Versuchung meines Lebens.

Ich reiße mich von ihrem verlockenden Anblick los und tauche ebenfalls unter, nur um mich ihrem Körper danach noch mehr zu nähern. Auch wenn jede Vernunft dagegen spricht, bin ich wehrlos gegen das Verlangen in mir.

Emma sieht verstohlen in meine Augen und ich spüre mein Herz bis an meine Kehle schlagen.

»Luke«, flüstert Emma und kaut schon wieder so betörend an ihrer Unterlippe.

Mit meinem nassen Daumen streife ich ihre sinnliche Lippe nach, während mich Emma keine Sekunde aus den Augen lässt.

»Einmal noch«, haucht sie, kommt näher an mich und dann ist es, als würde die Welt stillstehen. Emmas Lippen berühren sanft meine Lippen, sie schlingt ihre Arme um meinen Nacken und ich hebe sie auf meine Hüften. Emma schließt ihre Augen und lässt sich komplett in unserem Kuss fallen. Das Verlangen nach mehr, nach viel mehr, wird immer größer und am liebsten würde ich hier im Wasser über Emma herfallen.

»Was machen wir hier?«, haucht Emma, nachdem

sich ihre Lippen für einen kurzen Moment von meinen gelöst haben.

»Ich möchte nur diesen Moment mit dir, ich würde es sonst mein Leben lang bereuen«, sage ich schwer atmend und lege meine Lippen erneut auf ihre.

Erst als wir von einer hohen Welle komplett von oben bis unten nass gespritzt werden, lassen wir wieder voneinander ab.

»Ähm, Luke, sieh mal, da ist ein älterer Herr, der uns winkt.«

Abrupt drehe ich mich um und würde mich am liebsten selbst verfluchen, als ich dort meinen Großvater samt seiner Pflegerin stehen sehe.

Es klingt vielleicht makaber, aber in diesem Fall ist mir die fortgeschrittene Demenz meines Großvaters ein wahrer Segen.

»Das ist mein Großvater«, sage ich und verziehe mein Gesicht. »Bestimmt hat ihn seine Pflegerin hierher gebracht und wartet jetzt im Haus auf ihn.«

»Dein Großvater?«, fragt Emma amüsiert lachend und hält sich dabei ihre Hand vor ihren Mund. »Wie soll ich denn jetzt hier vor ihm halb nackt aus dem Wasser?«, fragt sie schließlich und deutet an ihrem Körper auf und ab.

»Er ist zu unserem Glück dement, er wird es sich nicht lange merken, es bleibt ihm so gut wie nichts im Gedächtnis.«

»Das tut mir leid«, sagt Emma sanft und nickt schließlich.

»So makaber es klingt, so sollte es mir dieses Mal wenigstens ein Vorteil sein.«

»Na dann!« Ohne eine Reaktion meinerseits abzuwarten, läuft Emma halb nackt zu ihrem Kleid an den Strand zurück. Zieht sie sich das Kleid über ihren nassen und viel zu perfekten Körper. Durch die Nässe klebt das Kleid an Emma wie eine zweite Haut. Diese Frau bringt mich tatsächlich noch um meinen Verstand.

Vom Wasser aus winke ich meinem Großvater zu und ernte einen amüsierten Gesichtsausdruck von Emma. Sie weiß wohl ziemlich genau, weshalb ich ihr nicht sofort aus dem Wasser folge. Mein verräterischer Freund in meinen Boxershorts braucht dafür noch einen Moment.

»Luke«, winkt mir mein Großvater zu, als ich es endlich aus dem Wasser schaffe.

Sein Blick ist, seit er an der Demenz erkrankt ist, häufig von einer Leere geprägt. Oft starrt er stundenlang dieselbe Wand an oder ist komplett apathisch. Und dann gibt es gute Tage. Tage, an denen er klarer ist, und richtige Gefühlsregungen zeigt. Heute scheint einer der guten Tage zu sein.

»Luke, mein Enkel, so ein schöner Tag heute, nicht wahr?«, fragt er und lächelt begeistert Richtung Emma. »Ich wollte euch beide nicht stören, ihr wirkt sehr glücklich zusammen.« Liebevoll tätschelt mir mein Grandpa meine nasse Schulter.

Heute wirkt er viel klarer, viel mehr im Hier und Jetzt. Seine Augen strahlen und wirken lebendig.

»Ja, da hast du recht, Grandpa! Heute ist wirklich ein ganz besonders schöner Tag.«

»Ist das deine Frau?«, möchte er wissen und deutet Richtung Emma. »Sie gefällt mir wirklich ausgezeichnet.«

Emma reicht ihm ihre Hand und lächelt liebevoll.

»Ich freue mich, Sie kennenzulernen, ich bin Emma. Sie haben hier ein wunderschönes Haus, es ist wirklich traumhaft«, sagt sie, was meinem Grandpa ein freudiges Lächeln entlockt. Es ist selten, dass ich ihn so glücklich erlebe wie gerade eben und umso mehr genieße ich es.

»Emma, ein wunderschöner Name. Weißt du, dass du mich unglaublich an meine Heidi, meine geliebte Frau, erinnerst?«

Emma schüttelt lächelnd ihren Kopf. »Wie war sie? Erzählen Sie mir von ihr?«

»Sag doch Du zu mir. Sie hatte Ähnlichkeit mit dir. Sie hatte blonde Haare und die gleichen blauen Augen wie Luke. Sie war eine sehr warmherzige Frau und das Beste, das mir altem Mann passieren konnte.«

Es ist Jahre her, dass er von ihr gesprochen hat, umso mehr verwundert es mich, dass er sich nun an sie erinnern kann und Emma von ihr erzählt. Um ehrlich zu sein, habe ich ihn seit ihrem Tod nicht mehr so viel von ihr sprechen hören. Es war, als wollte er alle Erinnerungen an sie auslöschen und sich nicht an sie erinnern.

»Komm, ich lade dich und Luke auf einen Tee ein.

Ich mache uns auch einen Fisch, ich habe gerade erst einen gefangen.«

»Ich liebe Fisch«, sagt Emma so gütig und freundlich, obwohl sie genau weiß, dass mein Großvater dement ist und bereits wieder in seinen Erinnerungen festhängt.

»Ich war am Meer draußen, es war richtig stürmisch«, erzählt er und deutet dann nachdenklich Richtung Steg, an dem sein altes Boot früher befestigt war.

»Luke, wo ist mein Boot?«, fragt er unsicher.

»Ähm, dein Boot, das ist«, stammle ich und versuche, die richtigen Worte zu finden.

»Also, darf ich mir das Haus ansehen?«, lenkt ihn Emma ab und die Miene meines Großvaters wird wieder heller.

Emma beweist erneut, dass sie ihr Herz an der richtigen Stelle hat. Savannah hingegen kommt mit meinem Großvater und vor allem seiner Demenz überhaupt nicht klar. Sie meidet ihn, seit wir zusammen sind, und trifft ihn nur dann, wenn es sich nicht vermeiden lässt.

»Wann werdet ihr heiraten?«, möchte mein Großvater wissen, nachdem ich uns einen Tee zubereitet habe und seine Pflegerin in der Zwischenzeit eine kleine Pause auf der Terrasse macht. Es verwundert mich erneut, dass mein Großvater heute in relativ guter Verfassung ist. Normalerweise behält er Dinge nie länger als fünf Minuten im Kopf.

Emma lächelt erneut liebevoll und schüttelt schließlich ihren Kopf.

»Luke und ich, wir sind nicht zusammen. Luke heiratet Savannah und ich plane nur ihre Hochzeit«, erklärt sie ihm.

»Nein, das glaube ich nicht. Ihr beide gehört doch zusammen. So wie ich und meine Heidi, ihr seid doch zusammen«, sagt er völlig aufgebracht.

»Ich bin tatsächlich Lukes und Savannahs Hochzeitsplanerin. Luke hat mich hierher gebracht, damit ich hier übernachten kann, während wir uns nach einem geeigneten Ort für die Hochzeit umsehen.«

»Luke, du gehörst zu dieser reizenden Frau! Was erzählt mir deine Verlobte hier für Geschichten?«

»Großvater, erinnerst du dich nicht an Savannah?«

Mein Großvater schüttelt seinen Kopf und seufzt. »Junge, verwirre deinen alten Großvater nicht so.«

Ich nicke schließlich, weil ich ihn nicht noch mehr aufregen möchte. Ich fasse den Entschluss, ihn in dem Glauben zu lassen, dass Emma und ich verlobt sind. Durch seine Demenz wird er sich nicht lange an das heutige Gespräch erinnern.

»Du hast natürlich recht Großvater, Emma ist meine Verlobte«, sage ich schließlich, worauf mich Emma überrascht ansieht. Um meine Aussage zu verdeutlichen, berühre ich Emmas Hand und lege meine Hand auf ihren Handrücken. Zuerst spannt sie sich an, beginnt sich aber gleich darauf wieder zu entspannen.

DREIZEHN

EMMA

»Oh nein, oh nein, oh nein«, fluche ich vor mich hin, als ich bemerke, wie spät es ist.

»Luke, wir müssen sofort los, wir wollten uns doch die Lieblingslocation mit Savannah noch ansehen und dafür habe ich einen festen Termin gebucht«, sage ich leicht panisch und blicke erneut auf die Uhr.

Wir werden es nicht mehr pünktlich schaffen, so viel ist sicher, und Savannah wird außer sich sein. Ich kann mir ihren Wutanfall schon bildlich vorstellen und mich zeichnet meine erneute Verspätung auch nicht gerade aus. Das wirft kein gutes Bild auf die Agentur, wobei ich in diesem Punkt bereits verloren habe, als ich mit dem Bräutigam schlief. Doch das ist eine andere Geschichte, jetzt müssen wir uns wirklich beeilen, um die Situation noch halbwegs zu retten. Ich kann es Jill einfach nicht antun, diesen ersten Auftrag gleich komplett zu vermasseln, dafür hängt einfach viel zu viel daran.

»Verdammt«, stößt Luke aus und springt von seinem Sessel auf. Nach einer kurzen Verabschiedung von Lukes Großvater und seiner Pflegerin, die sich im Hintergrund hielt, versuchen wir, das Desaster wenigsten einzugrenzen.

Luke startet den Motor und ich entriegle das Display meines Handys, um Savannah gleich zu erreichen.

»Luke, es tut mir so leid, dass ich die Zeit übersehen habe, und es tut mir auch leid, was schon wieder zwischen uns passiert ist. Das sollte einfach nicht sein, du heiratest bald.«

»Emma, du weißt, dass das nicht deine Schuld war«, sagt Luke beschwichtigend, als mein Handy läutet. Savannahs Name steht auf dem Bildschirm. Noch bevor ich sie erreichen kann, kommt sie mir zuvor.

»Wo steckst du? Und wo ist Luke? Wir sind viel zu spät! Ich habe dich so oft angerufen! Was ist denn los bei dir?«, brüllt Savannah wütend ins Telefon.

»Es tut mir leid, ich weiß, mein Handy, ich ...«

»Ist sie das?«, möchte Luke wissen, während Savannah mich mit Vorwürfen bombardiert.

Luke nimmt mir das Handy ab und hält es sich ans Ohr.

»Savannah, wir sind gleich da, wir mussten Emma noch ein Zimmer suchen.«

»Du bist mit Emma unterwegs? Wo seid ihr? Was ist los und warum lasst ihr mich hier warten?« Savannahs Stimme überschlägt sich beinahe und sie klingt richtig genervt. Und wer kann es ihr verübeln? Ich bin eine furchtbare Hochzeitsplanerin und vor allem bin ich eine furchtbare Person. Wer küsst schon einen vergebenen Mann? Dafür lande ich bestimmt in der Hölle, so viel steht fest. Nach kurzer Fahrtzeit erreichen wir das Haus von Lukes Eltern. Vor dem Haus wartet bereits Savannah mit verschränkten Armen auf uns. In einem neuen Kleid und mit einer teuren Handtasche lehnt sie an der Hausmauer und zieht ein schmollendes Gesicht. Luke parkt das Auto vor ihr, und ich steige aus, um mich nochmals für die Verspätung zu entschuldigen.

»Es tut mir leid, Savannah, wirklich, und es wird nicht mehr vorkommen, das verspreche ich dir«, versichere ich ihr, doch Savannah würdigt mich weiterhin keines Blickes.

»Ich will jetzt nur noch die Location sehen«, sagt sie gereizt, steigt ein und zückt im Auto wieder ihr Smartphone.

»Natürlich, ich werde dir die schönsten Orte zum Heiraten und Feiern zeigen, ich habe mich gut informiert und es ist bestimmt ein Ort dabei, der dich begeistern wird. Außerdem habe ich schon mit den zuständigen Leuten telefoniert und unsere Verspätung wird keine Konsequenzen haben.«

Savannah dreht sich in meine Richtung und rümpft ihre Nase. Sie steckt sich ihre Sonnenbrille in ihr Haar, sodass ich in ihre funkelnden Augen blicken kann.

»Das will ich auch hoffen. Ich dachte, du bist die Richtige für den Job, gerade, weil du dich in mich hineinversetzen kannst, und jetzt vergisst du Termine und treibst dich stattdessen Gott weiß wo herum!« Sie wirft einen letzten bitteren Blick in meine Richtung, ehe sie die Sonnenbrille wieder aufsetzt und sich umdreht.

»Savannah«, mischt sich Luke beschwichtigend ein, »mach jetzt keine große Sache daraus, wir sind ja hier und wir haben genug Zeit, um uns alles anzusehen.«

»Luke, hier geht es verdammt noch mal ums Prinzip und ich will, dass das nicht mehr vorkommt!«

Luke parkt das Fahrzeug an einer wunderschönen Klippe nahe eines großen Restaurants, das einen gigantischen Blick auf den Ozean haben muss. Stufen führen hinab zum Restaurant, das sich direkt an der Klippe mit traumhafter Aussicht befindet. Der Ort ist malerisch und imposant und ich denke, er würde perfekt zu Savannah passen. Aus guten Quellen weiß ich, dass hier bereits einige Hollywood Promis geheiratet haben.

»Das hier ist Staten Laren, ein wundervoller Ort, um zu heiraten. Man könnte hier einen kleinen Pavillon aufbauen, du hättest dabei eine großartige Aussicht auf das Meer ...«, möchte ich Savannah und Luke gerade erklären, als mir Savannah ungeduldig ins Wort fällt.

»Ich mag es nicht, wir können weiter. Ich meine, sieh dich mal um. Das hier ist so billig.« Abwertend stampft Savannah mit ihren hohen Schuhen auf den Boden und blickt ungeduldig umher.

»Okay, du magst es nicht?«, wiederhole ich ihre Worte und ziehe dabei das Wort *okay* vielleicht eine Spur zu sehr in die Länge.

»Habe ich das nicht gerade gesagt? Hör besser zu, wenn man mit dir spricht, dann wärst du auch pünktlich gewesen.«

Ohne sich groß aufzuhalten, stolziert sie an uns vorbei zum Fahrzeug. Scheiße, Savannah ist sauer. In dieser Laune wird es verdammt schwer, eine geeignete Location zu finden.

»Okay. Kein Problem«, sage ich viel freundlicher, als ich es eigentlich meine und steige wieder in das Auto ein. Ich werde sie schon noch überzeugen, irgendeine Location muss sie schließlich nehmen, wenn sie Luke heiraten will.

Weiter geht die Fahrt in Richtung der nächsten Location, die sich direkt an einem Sandstrand befindet. Savannahs Laune ist noch tiefer gesunken. Während der gesamten Fahrt wurden Luke und ich komplett von ihr ignoriert. Ich kann mir nicht vorstellen, warum ein Mann wie Luke, eine Frau wie Savannah heiraten will. Ich meine, es ist mir schon klar, dass es auf ein Arrangement hinausläuft, aber wer sollte sich so sehr verpflichten lassen?

Luke parkt das Auto an einem einsamen Sandstrand. Ein echter Geheimtipp, denn dieser Strandabschnitt kann nur für Festlichkeiten gebucht werden.

Die Gäste könnten mit dem Auto oder per Boot an den Strand kommen.

Savannah bleibt auf dem asphaltierten Weg sehen und blickt Richtung Meer. Sie dreht sich langsam in meine Richtung und verschränkt ihre Arme.

»Das hier«, sagt sie und deutet um sich herum, »ist nicht das, was ich suche. Bist du wirklich so blond und findest keine Location, die zu mir passt?«

Ich muss mich tatsächlich beherrschen, ruhig zu bleiben. Ich nicke nur und deute Richtung Fahrzeug.

Im Schnelldurchlauf besichtigen wir zwei weitere Locations, die beide nicht dem Geschmack von Savannah gerecht werden. Egal, wie schön die Location auch ist, es scheint sie nicht zufrieden zu stellen. Savannahs Laune wird zumindest erträglicher, als ich ihr ein weiteres Objekt zeige, das wir morgen besichtigen werden. Dafür benötigen wir ein Boot, das uns zu einer vorgelagerten Insel bringen wird.

Völlig erledigt kommen wir abends mit dem Auto wieder zurück zum Anwesen von Lukes Familie. Bevor ich zu Lukes Strandhaus gefahren werde, steht noch ein Abendessen mit Lukes Familie und Savannah für mich auf dem Programm. Meine Vorfreude hält sich in Grenzen, doch ich mache gute Miene zum bösen Spiel. Während die Familie gerade noch private Angelegenheiten bespricht, setzte ich mich auf eine kleine Treppe, die hinunter zum Meer führt. Der Blick Richtung Meer und Himmel verleiht dem Ganzen eine magische Stimmung. Es wirkt, als würde die untergehende Sonne beinahe vom Meer verschluckt werden. Sie scheint nur mehr noch als roter kleiner Ball am weiten Horizont. Ehrfürchtig betrachte ich das Spektakel und merke gar nicht, dass sich Lukes Schwester zu mir auf die Stufe gesetzt hat.

»Hallo«, sage ich, drehe mich kurz zu seiner Schwester um und dann wieder zurück, um diesen Ausblick zu genießen. »Es ist wunderschön.«

»Das ist es. Ich liebe diesen Ausblick. Weißt du, dass Luke früher mal gemalt hat?«

Ich schüttle meinen Kopf und drehe mich wieder zu ihr.

»Am liebsten hat er das Meer gemalt, wenn die Sonne unterging. Er hat mir dazu immer wilde Geschichten und Abenteuer erzählt.«

»Er ist ein toller Kerl und bestimmt ein großartiger großer Bruder, da bin ich mir ganz sicher. Ihr habt eine tolle Verbindung. Ich habe auch zwei Schwestern und ich kenne dieses ganz besondere Band«, sage ich und betrachte weiter den wunderschönen Sonnenuntergang.

»Emma, ich habe euch heute zusammen gesehen. Du würdest gut zu Luke passen.«

Kurz drehe ich mich zu ihr, doch schüttle verneinend meinen Kopf.

»Nein, das würde ich nicht. Luke heiratet Savannah und ich bin ihre Hochzeitsplanerin«, sage ich schulterzuckend.

»Glaub mir, ich habe gesehen, wie Luke dich ansieht, und ich kenne meinen Bruder. Er hat Savannah nicht einmal mit dem Blick angeschmachtet, mit dem er es bei dir tut.«

Mein Herz beginnt erneut viel zu schnell in meiner Brust zu schlagen, doch ich will ihre Worte nicht an mich heranlassen. Luke wird meinem Herzen viel zu gefährlich.

VIERZEHN

LUKE

Als ich vom Gespräch mit meinen Eltern und Savannah zurückkomme, muss ich schmunzeln. Emma, meine Schwester Ashley und mein Großvater sitzen zusammen auf der Treppe Richtung Meer und unterhalten sich ausgelassen. Seine Pflegerin hat ihn zum Essen vorbeigebracht, und ich freue mich, ihn zusammen mit den beiden so glücklich zu sehen, Emma scheint ihm richtig gutzutun.

»Was ist? Warum lächelst du so befremdlich?«, möchte Savannah wissen. Sie wirft mir einen irritierten Blick zu und schüttelt missmutig ihren Kopf.

»Weil ich glücklich bin«, sage ich mit einem spitzen Lächeln und zucke mit meinen Schultern.

»Glücklich«, wiederholt sie meine Worte und rümpft ihre Nase. »Was macht dich denn gerade so *glücklich*?«. Wieder zieht sie das Wort nur so in die Länge und lässt ihren Blick Richtung der drei auf den Stufen wandern.

Emma, Ashley und mein Großvater albern herum

und das entlockt sogar meinem Großvater ein herzliches Lachen. Unwillkürlich muss ich selbst erneut schmunzeln und vergesse für einen Moment die gereizte Savannah neben mir.

»Ist es wegen Emma? Ist sie der Grund für dein Verhalten? Oder etwa dein befremdlicher Großvater? Oh Gott, wie ich alte Menschen verabscheue.« Savannahs Augen blitzen wütend und funkeln vor Zorn.

»Savannah, was soll mit Emma sein? Du warst es doch, die sie engagiert hat. Ich bin einfach nur glücklich, es scheint meinem Großvater gutzugehen und das freut mich. Und ich habe noch eine Bitte: Halte dich mit deinen Aussagen zurück, tu mir den Gefallen.«

»Luke, langsam mache ich mir wirklich Sorgen um dich!« Wütend verschränkt sie die Arme vor ihrer Brust und mustert mich mit gerunzelter Stirn.

»Das musst du nicht, glaub mir, mir geht es richtig gut.«

Ich lasse sie am gedeckten Tisch stehen, gehe die wenigen Schritte durch die weit geöffneten Flügeltüren, über die Veranda und setze mich zu der wesentlich entspannteren Gesellschaft auf die Stufen.

»Luke, sieh mal, die beiden reizenden Damen versüßen mir meinen Abend heute wirklich sehr.« Mein Großvater strahlt und seufzt glücklich, während er zwischen meiner Schwester und Emma hin und her deutet.

»Na, was schmollt Savannah schon wieder?«, möchte Ashley wissen und äfft ihre finstere Mimik nach.

»Wer ist Savannah?«, fragt mein Großvater. Fragend blickt er sich um und kann scheinbar keine Person erkennen, die er mit diesem Namen in Verbindung bringen kann.

»Savannah ist meine Verlobte«, erinnere ich meinen Großvater und deute in ihre Richtung.

»Du bist mit der zickigen Schreckschraube verlobt?«, fragt mein Großvater viel zu laut und zeigt entrüstet auf Savannah.

Deren Miene wird noch finsterer und auch meine Mutter neben ihr verzieht erbost ihr Gesicht.

»Luke«, sagt mein Großvater erneut und deutet immer noch auf Savannah. »Sieh sie dir doch einmal an, so jemanden willst du doch nicht heiraten. Emma hier neben mir, die ist wie meine Heidi, sie sollst du heiraten!«

Seine Aussage hat gesessen und alle Aufmerksamkeit auf sich gezogen. Rund um uns ist es komplett still und niemand wagt etwas zu sagen. Es dauert ein paar Sekunden, bis ein Getuschel einsetzt und dabei nicht nur einmal Emmas Name fällt.

Ich versuche, meinen Großvater zu beruhigen, doch er denkt gar nicht daran und ist gerade richtig in Fahrt.

»Luke, Emma und du ihr wärt so ein schönes Paar«, behauptet er und steht von der Treppe auf.

Wir tun es ihm gleich und erheben uns von den Stufen. Ashley kann ihr Kichern nicht verbergen, wohingegen Emma und ich immer noch versuchen, ihn zum Schweigen zu bringen. Emma versucht ihn abzulenken, doch auch das gelingt ihr nicht.

»Luis«, mahnt ihn meine Mutter, doch er lacht nur verächtlich.

»Mallory, du denkst wirklich, ich lasse mir von dir vorschreiben, was ich sagen soll und was nicht. Ich lasse mich nicht mehr so von dir behandeln. Nur weil ich alt bin und manchmal etwas verwirrt, heißt das nicht, dass ihr mit mir machen könnt, was ihr wollt«, versucht er seine Integrität zu verteidigen und, oh Mann, ich bewundere ihn für seinen Mut und seine Entschlossenheit.

»Ich erinnere mich doch genau, dass du mit Emma zusammen bist«, sagt er und lässt mich bei dieser Aussage verwundert meinen Kopf schütteln.

Wie ist es möglich, dass ihm Emma so im Gedächtnis geblieben ist? Die letzten Jahre konnte er sich an nichts erinnern, was länger als ein paar Minuten zurücklag.

»Was redest du für einen Blödsinn«, wirft nun auch mein Vater Max ein, der ebenfalls gerade auf die Veranda getreten ist.

Ich weiß genau, dass mein Großvater meinem Vater ein Dorn im Auge ist. Mein Vater möchte stets die Herrschaft über alles und jeden. Sein eigener Vater ist da eher eine Belastung für ihn. Er schämt sich für ihn und möchte nicht, dass seine Erkrankung in die Medien kommt. Er als Anwärter für die Präsidentschaftswahl möchte stets als Machtperson dargestellt werden. Eine Person, die am besten keine Macken hat, und da wäre ein dementer Vater natürlich alles andere als ein Ass im Ärmel. »Vater, sei still und setz dich an den Tisch«, befiehlt er ihm, doch mein Großvater denkt gar nicht daran, sich zu setzen und still zu sein.

»Emma ist so eine tolle Frau, so wie meine Heidi. Wo ist Heidi überhaupt? Ist sie im Haus?«

Nachdenklich blickt er durch die Runde und wirkt schließlich verzweifelt und betrübt.

»Wo ist Heidi?«, fragt er erneut in die Runde.

»Sie ist tot«, sagt Savannah trocken. Ihr argwöhnischer Blick trifft meinen Grandpa, der bestürzt seinen Kopf schüttelt.

»Meine Heidi ist tot?«

Seine Augen füllen sich mit Tränen und er vergräbt sein Gesicht schluchzend hinter seinen Händen.

»Na, wo soll sie denn sonst sein«, antwortet Savannah zickig und verdreht genervt ihre Augen.

Völlig unbeteiligt setzen sich meine Eltern an den Tisch. Auch Savannah schließt sich den beiden an und wirft einen verachtenden Blick in unsere Richtung.

Emma legt ihren Arm schützend um meinen Grandpa und redet ihm beruhigend zu, während sich meine Eltern und Savannah abwenden und sich unbekümmert ihren Gesprächen widmet. Selbst das Hauspersonal scheint geschockt zu sein und sieht betreten in unsere Richtung.

»Grandpa, es ist alles in Ordnung«, möchte Ashley unseren Grandpa beruhigen.

»Ich will nach Hause. Ich will einfach nur nach Hause, zu meiner Frau. Hier will ich nicht sein, nicht bei diesen Menschen«, seufzt mein Grandpa verzweifelt.

»In Ordnung, Grandpa, du kannst jederzeit nach Hause. Ich werde Nancy anrufen und sie bitten, dich abzuholen und dich nach Hause zu bringen.«

Er tut mir so leid und ich bin so sauer über Savannahs raue Art ihm gegenüber. Das wird definitiv heute Abend noch ein Nachspiel haben.

FÜNFZEHN

EMMA

Betrübt setze ich mich zu den anderen an den Tisch. Luis tut mir so leid, er war so verwirrt und traurig, als er abgeholt wurde. Er ist so ein lieber Mann und er hat es nicht verdient, dass so mit ihm umgegangen wird. Wie eiskalt Savannah ihm unter die Nase gerieben hat, dass seine Frau bereits verstorben ist. Wenn ich daran denke, läuft mir immer noch eine Gänsehaut über meinen Körper. Wie kann man nur so gefühlskalt sein? Natürlich war es nicht sehr förderlich, was Luis über Luke und mich gesagt hat, das ist aber noch lange kein Grund, einen alten Mann so zu behandeln.

Die Stimmung am Tisch ist unterkühlt und angespannt. Am liebsten würde ich von hier verschwinden. Nur weil eine Familie Geld hat, heißt das noch lange nicht, dass sie auch mehr Anstand und vor allem mehr Herz besitzt. Lukes Familie ist der beste Beweis dafür. Lediglich seine Schwester scheint wirklich in Ordnung zu sein. *Genau wie Luke, er ist ein toller Mann*, flüstert mein Herz.

Ich trinke einen kräftigen Schluck Wein und versuche, meine Gedanken an Luke wegzuspülen. Er kommt meinem Herzen viel zu nahe und das will ich unbedingt ändern. Er ist ein Kunde, erinnere ich mich. Ein Kunde, dessen Hochzeit ich organisieren soll, und ja, ich muss zugeben, er reizt mich, sehr sogar. Doch das hätte sowieso keine Zukunft, mehr als eine lockere Affäre würde niemals aus uns werden.

Nachdem wir ohne große Worte zu Abend gegessen haben, erheben alle ihr Glas Cognac und prosten sich zu. Diese Leute sind so falsch und verlogen. Das Thema *Luis* wird einfach unter den Teppich gekehrt und anstatt das zu besprechen, was wirklich Thema wäre, wird locker geplaudert.

Und plötzlich, aus heiterem Himmel, kippt mir Savannah wohl mehr absichtlich als unabsichtlich ihr Glas Cognac über mein Outfit.

»Oh, das tut mir so leid«, entschuldigt sie sich.

Mein Blick wandert von meinem ruinierten Kleid Richtung Savannah, die sich entschuldigend ihre Hand vor ihren Mund hält. Lukes Mum hingegen entringt sich eines bekümmerten Lächeln, dem sich Savannah sogleich anschließt.

Ich fühle mich wie eine Versagerin hier am Tisch und schlucke den Kloß in meinem Hals hinunter. Ich bin es wert, dass ich gut behandelt werde, erinnere ich mich an den Satz, den mir Summer immer wieder vorgesagt hat. Jeder Mensch hat das Recht, dass er mit

Würde und Liebe behandelt wird, und das hier, ist alles andere als respektvoll.

»Hier«, sagt Luke sanft und reicht mir eine Stoffserviette, um mein Kleid trocken zu tupfen. »Tut mir leid«, entschuldigt er sich für Savannahs Missgeschick und räuspert sich sichtlich verlegen.

Dankbar nickend nehme ich sie entgegen und säubere mein Kleid damit. Es ist komplett in Alkohol getränkt und ich stinke jetzt mindestens so fürchterlich wie meine Mum, wenn sie sturzbetrunken ist.

»Ich werde dann mal gehen, danke für den ausgesprochen interessanten Abend«, sage ich und beiße mir selbst auf meine Zunge, um nichts zu sagen, das ich später bereuen werde. »Wir werden dann morgen weiter nach einer Location suchen. Ich wünsche euch noch einen angenehmen Abend«, sage ich und stehe von meinem Stuhl auf.

Ohne auf die Reaktion der anderen zu warten, greife ich die Lehne meines Stuhls und schiebe ihn an den Tisch zurück. Für heute habe ich genug von dieser Familie.

»Soll ich dich fahren?«, bietet sich Luke an und erntet dafür einen bitterbösen Blick seiner Mutter.

»Schon gut, danke, lieb von dir, aber ich nehme mir einfach ein Taxi.«

Erneut treffen sich Lukes und mein Blick und mein Herz schlägt unwillkürlich ein paar Schläge schneller, als ich mich von ihm losreiße.

Damit verabschiede ich mich von seiner Familie, kratze noch einmal alle Freundlichkeit in mir zusammen und verschwinde dann auf dem schnellsten Weg Richtung Lukes Strandhaus.

»Na, wie ist es bei den Schönen und Reichen?«.

Ich höre Jills Neugier bis ans andere Ende der Leitung. Das wird durch ihre aufgeregte Stimme noch mehr verdeutlicht.

»Was soll ich dir erzählen?«, frage ich, während ich mich auf einen Baumstamm am Strand setze, nachdem mich das Taxi gerade eben zu Lukes Strandhaus gefahren hat.

Das sanfte Rauschen des Meeres beruhigt mich auf eine hypnotisierende Art und Weise und die dunkle Nacht legt sich dabei wie ein schützender Mantel um mich. Ich spiele mit meinen Zehen im kalten Sand und ziehe mir meine Weste etwas enger an meinen Körper.

»Na, alles. Läuft es gut mit der Suche einer Location? Und wie läuft es mit der Familie des Bräutigams?«

»Sie sind nicht besser als alle anderen auch. Im Gegenteil, seine Mutter und sein Vater sind richtig widerlich«, erzähle ich und atme angespannt aus. »Und eine Location haben wir noch nicht gefunden, zumindest keine, die Savannah überzeugen konnte. Morgen suchen wir weiter. Wir haben da ja noch unser Ass im Ärmel, mal schauen, ob ich sie damit knacken kann. Weißt du, Savannah ist sehr speziell.«

»Das kann ich mir vorstellen. Emma, ich weiß, in

welche Lage dich die Sache mit Luke bringt, aber er ist ein Kunde und der Bräutigam. Ich weiß, Luke wäre …«, möchte Jill mir gerade erläutern, da ich aber ganz genau weiß, was sie mir zu erklären versucht, wimmle ich sie kurzerhand ab.

»Gar nichts wäre mit Luke. Er wäre eine Nummer von vielen gewesen, ein netter Zeitvertreib, aber sonst rein gar nichts«, sage ich genervt, »und außerdem, was knabberst du denn schon wieder Leckeres?«

»Ich?« Jill nuschelt mit vollem Mund und kramt wohl gerade in einer Tüte herum.

»Nur ein paar Kekse«, sagt sie und stellt das Essen ein, nachdem sie hinuntergeschluckt hat.

»Jill, du brauchst wirklich dringend einen Mann«, sage ich lachend und bin froh, dass wir das Thema gewechselt haben. Und außerdem, die Sache mit Luke war nichts weiter als ein heißer Flirt, der mich wohl gerade deshalb weiterhin so reizt, weil er verboten ist.

»Ich finde schon noch den Richtigen und solange kann ich auch noch warten.«

Augenverdrehend belächle ich ihren Vorsatz, den Richtigen zu finden, damit verbringt sie schon so viele Jahre und bis jetzt war noch keiner dabei.

»Gut, wenn ich wieder zurück bin, suchen wir dir Mr Right, zumindest einen Mr Right für eine Nacht«, sage ich neckend, als ich plötzlich hinter mir Schritte im Sand höre.

Erschrocken drehe ich mich um und sehe plötzlich Adrian vor mir stehen.

Mir fällt beinahe mein Handy in den Sand, weil

ich so erschrecke. Ein kompletter Adrenalinschub wandert durch meinen Körper und lässt mich erschauern.

»Emma, bist du noch dran?«, höre ich Jills Stimme durch das Telefon.

»Ich melde mich gleich noch mal«, sage ich und lege auf.

»Was machst du hier?« Verwundert blicke ich in Adrians Gesicht, das vom Vollmond angestrahlt wird. Ich stehe von meinem Sitzplatz auf dem Baumstamm auf und betrachte ihn genauer. In mir setzt sich ein beklemmendes Gefühl durch, das mir Angst macht.

»Emma, ich wollte dich sehen«, sagt er und streckt entwaffnend seine Hände hoch.

Er scheint betrunken zu sein und seine dunkelblonden Haare wirken zerzaust. Seine Augen sind dunkel unterlaufen, so als hätte er Tage nicht mehr geschlafen.

»Warum bist du hergekommen? Adrian, das finde ich ziemlich unheimlich. Wie hast du mich hier gefunden?«

»Emma, ich wollte mich bei dir entschuldigen. Ich weiß, ich habe dich zu sehr bedrängt«, sagt er und torkelt leicht im Sand umher.

»Du bist den ganzen Weg von New York hergekommen, was wirklich ziemlich schräg ist, um mir zu sagen, dass du dich entschuldigen willst, dass du so aufdringlich warst? Findest du das nicht ganz schön eigenartig?«, frage ich ihn und verdrehe kopfschüttelnd meine Augen.

Das ist wirklich eine ziemlich kranke Aktion von Adrian. Hier spätabends völlig betrunken aufzutauchen, Hunderte Kilometer entfernt von New York.

»Ich weiß, das klingt völlig unvernünftig«, sagt er und torkelt erneut vor mir herum.

»Das ist es.« Ich helfe ihm, sich auf den Baumstamm zu setzen, damit er nicht im Sand landet. Mit einem Plumps nimmt er Platz und streckt seine Beine vor sich in den Sand.

Fluchend setze ich mich neben ihn. Was soll ich denn jetzt so spät abends hier mit ihm anfangen? Er ist so betrunken, ich kann ihn nicht einmal hier allein lassen, und in ein Hotel schafft er es in seinem Zustand bestimmt auch nicht mehr.

»Verdammt, Adrian. Du kannst nicht hierherkommen und mich so überfallen. Ich habe dir doch auf dem Ball schon gesagt, dass ich Abstand brauche!«

Entschuldigend nickt Adrian und möchte meine Hand in seine legen, doch ich ziehe sie mit einem mahnenden Blick wieder zurück.

»Wir waren doch so gute Freunde, und ich dachte, aus uns wird mehr«, fängt Adrian schluchzend an und setzt einen Hundeblick auf. »Was ist passiert, Emma?«

Dieses Mal lasse ich mich nicht von ihm weichkochen. Auf dem Ball hat er eine Grenze überschritten. Kein Mann fasst mich an, wenn ich das nicht will – auch kein Adrian! Ich habe es ihm verziehen, dass er mich so vor der Presse vorgeführt hat, doch die Sache auf dem Ball ging eindeutig zu weit.

Ich schüttle meinen Kopf und atme angespannt aus.

»Adrian, du weißt doch genau, was passiert ist«, sage ich stöhnend und verschränke meine Arme.

»Es tut mir wirklich leid, Emma. Vielleicht konntest du dich für die Blumen nicht begeistern, darum habe ich dir etwas anderes mitgebracht«, sagt er und zieht aus seiner Tasche ein kleines Geschenk heraus. »Ich will mich entschuldigen, bitte, Emma, ich werde dich nicht mehr anfassen, wenn du es nicht willst«, verspricht er mit gesenkter Stimme.

Ich bin hin- und hergerissen. Vielleicht tut es ihm wirklich leid und er hat aus der Aktion gelernt.

»Okay«, presse ich aus mir heraus und schiebe sein Geschenk wieder zurück. »Aber behalt dein Geschenk, ich will es nicht.«

Kurz ringt Adrian mit sich, er wirkt unentschlossen, steckt es aber wieder in seine Jackentasche.

»Adrian, ich akzeptiere deine Entschuldigung, aber ich möchte nicht, dass du mir folgst oder mich bedrängst! Wie hast du mich überhaupt gefunden?«

»Dein Handy«, sagt Adrian knapp und senkt seinen Kopf.

»Was ist damit?«, will ich wissen.

»Ich habe es orten lassen, tut mir leid, Emma. Ich kann nur nicht aufhören, an dich zu denken, und es gibt keine Frau, die mir jemals so viel bedeutet hat wie du.« Erneut setzt er einen Dackelblick auf.

»Adrian«, sage ich verzweifelt und schüttle meinen Kopf.

»Emma, du machst mich einfach verrückt. Du bist die tollste Frau, die mir jemals begegnet ist.«

Unerwartet dreht er sich in meine Richtung, berührt plötzlich meinen Nacken und möchte mich zu sich ziehen. Ohne dass ich es will, drückt er seine Lippen grob auf meine. Er presst sie fest auf meine Lippen, und ich muss meine ganze Kraft einsetzen, um mich von ihm loszureißen.

»Adrian, lass das!«, schnauze ich ihn an und springe auf. »Fass mich nie wieder an!«

Adrian versucht aufzustehen, landet aber auf seinen Knien im Sand direkt vor mir. Er krabbelt mir nach und hängt sich an meine Füße. Ich versuche ihn abzuschütteln und gehe einen großen Schritt von ihm weg.

»Lass mich, Adrian«, mahne ich ihn ein weiteres Mal.

»Emma, bitte«, fleht er.

Wie betrunken kann er bitte sein? Er versucht aufzustehen und fällt im nächsten Moment wieder auf seine Knie.

»Adrian, du bringst mich wirklich in eine richtig blöde Situation«, fluche ich.

Eigentlich sollte ich ihn hier allein lassen. Er ist ein richtiges Schwein und akzeptiert kein *Nein.* Auf der anderen Seite wäre es so etwas wie unterlassene Hilfeleistung. Ich kenne Adrian und seine Familie. Sie sind so mächtig und haben genug Beziehungen zu all den

Anwaltsbüros von New York. Es mir mit ihm zu verscherzen wird es mir ohnehin schon schwer genug machen, einen Job als Anwältin in New York zu bekommen, aber ihn auch noch hier liegen zu lassen, wäre mein Untergang.

»Verdammt«, fluche ich wütend.

Ich komme komplett unverschuldet in so ein Dilemma. Ich muss ihm helfen, ich kann ihn hier nicht liegen lassen. Ich greife ihn an seiner Hand und helfe ihm hoch. Er torkelt umher und ich versuche ihn, so gut es geht, zu stützen und ihn Richtung Terrasse zu führen.

»Nimmst du mich heute Nacht bei dir auf?«, fragt er. Er stinkt widerlich nach Alkohol und Zigaretten und seine Duftwolke hüllt mich komplett ein. Ich habe alle Mühe, ihn die Stufen hoch zu schleppen und ihn zu stützen, ohne dass er zu Boden fällt. Oben auf der Terrasse angekommen, spüre ich die Anstrengung durch sein Gewicht auf meiner Schulter.

»Ich habe wohl keine andere Wahl. Du schläfst im Wohnzimmer und wage es nicht, nach oben zu gehen«, befehle ich ihm und schiebe ihn durch die Terrassentür in das Innere des Strandhauses.

Auf der Couch lasse ich ihn nieder und reiche ihm stumm eine Decke.

»Danke, Emma«, sagt er, als er schon gemütlich auf der Couch liegt.

»Kein Problem, aber morgen bist du verschwunden«, ermahne ich ihn und laufe danach ins Badezimmer um mich umziehen und fertig für das Bett zu machen.

Durch das offene Fenster kann ich das Meer bis ins Schlafzimmer herein rauschen hören. Ich höre, wie die Wellen sanft ans Ufer schwappen und versuche mich zu entspannen. Adrian wird mir nicht meine berufliche Laufbahn gefährden. Es wäre strafbar, sollte er es versuchen, und ich werde für mein Recht einstehen. Morgen werde ich ihn gleich in der Früh vor die Tür setzen und ihn dann komplett meiden. Ich möchte keinen Kontakt mehr zu ihm. Nicht zu einem Mann, der meine Grenzen so gar nicht wahren kann.

Ich schließe meine Augen und versuche einzuschlafen. Doch auch Minuten später wälze ich mich immer noch unruhig von einer Seite auf die andere. Ich versuche es mit sanfter Musik aus meinem Handy, doch auch damit komme ich nicht zur Ruhe. Es ist weit nach Mitternacht, als mir völlig erschöpft meine Augen zufallen. Ich gleite in einen leichten Schlaf, in dem mich alle Ereignisse der letzten Tage verfolgen. Doch nicht nur die, meine Vergangenheit holt mich tief ein und nimmt mich mit auf einen höllischen Trip in meine Kindheit.

Ich verkrieche mich unter dem Tisch und höre, wie meine Mutter und einer ihrer vielen Freunde laut streiten. Summer ist in der Schule und kann mich hier nicht rausholen. Ich bin still und bringe keinen Ton heraus. Ich weiß, er würde mich sonst schnappen und dafür be-

strafen. Der Zeiger der Uhr hat mindestens schon eine Runde gedreht, ich weiß nicht, wie spät es ist, aber ich habe Hunger und Durst. Meine Füße sind so kalt, der Boden fühlt sich eisig an. Doch ich bewege mich nicht und bleibe hier sitzen. Meine Mum und ihr Freund brüllen, Flaschen zerschellen und Tausende Scherben landen neben mir. Er packt sie und drückt sie mit voller Wucht gegen einen Schrank. Ich hasse ihn! *Ich will meiner Mum helfen, hebe das Tischtuch, doch ich lasse es gleich wieder los. Mum befreit sich und schreit laut um Hilfe. Doch er fängt sie wieder ein, hält sie fester und knallt ihr eine Flasche an ihre Stirn. Meine Mum fällt zu Boden, sie wimmert und hält sich ihre Hand an ihre Stirn. Plötzlich höre ich Sophia schreien, sie ist bestimmt wach geworden von dem ganzen Gebrüll. Sie schreit immer lauter und lauter und ich möchte zu ihr. Er wird noch wütender und schreit, Sophia solle leise sein, sonst würde sie es bereuen. Ich möchte zur ihr und sie hochheben, auch wenn ich weiß, dass ich sie kaum tragen kann. Ich möchte sie beschützen. Vorsichtig krabble ich unter dem Tisch heraus, versuche unbemerkt Richtung Schlafzimmer zu kommen. Ich traue mich dabei gar nicht, meinen Blick zu heben, und plötzlich spüre ich eine grobe Hand an meinem Bein. Mit einem festen Ruck packt er mich und lässt mich kopfüber im Raum baumeln.*

»Du kleine Mistgöre, das wirst du bereuen!«

. . .

Schweißgebadet werde ich wach. Draußen ist es bereits hell und die Sonne scheint durch das Fenster herein. Mein Herz schlägt wie verrückt und ich atme schnell. Ich setze mich im Bett auf und versuche, mich zu beruhigen. »Du bist erwachsen, alles ist gut«, rede ich mir ein und nehme einen tiefen Atemzug.

Ich fühle mich völlig gerädert, doch es nutzt nichts, wir werden uns heute die Location auf der wunderschönen Insel anschauen, und ich bin der Hoffnung, sie wird Savannah gefallen.

Kurz schicke ich noch ein Stoßgebet in den Himmel und bete, dass Adrian bereits verschwunden ist, wenn ich mich fertig geduscht habe.

SECHZEHN

LUKE

»Ich dachte, Emma schläft in einem Hotel. Du hast mir ja gar nicht gesagt, dass sie in deinem Haus ist«, beschwert sich Savannah und blickt genervt auf ihr Smartphone.

»Na ja, ich dachte, sie hat es hier vielleicht schöner als in einem Hotel. Immerhin hilft sie uns beiden eine schöne Location zu finden. Du weißt schon, damit wir eine glamouröse Hochzeit feiern können, so wie du sie dir wünscht«, sage ich mit einer Portion Ironie und parke direkt vor dem Haus.

»Mhm, trotzdem ist sie Personal«, meint Savannah und rümpft ihre Nase. Sie steckt ihr Handy in ihre Tasche und öffnet die Tür des Wagens.

»Genau wie dein Fitnesstrainer?«, werfe ich genervt ein und bereue es im nächsten Atemzug schon wieder.

»Was willst du damit andeuten?«

»Nichts, nichts«, sage ich beschwichtigend und

zucke mit meinen Schultern, um mir eine unnötige Szene zu ersparen.

»Ich sage nur, dass ich das Gefühl habe, dass dir sehr viel an ihr liegt und das stört mich. Ich möchte nicht, dass die Hochzeit in Gefahr gerät«, protestiert sie und verschränkt ihre Arme vor ihrer Brust.

»Mir viel an Emma liegt?« Kopfschüttelnd gehe ich Richtung Haustür.

»Ja, dir, Luke, du kannst mir nichts vormachen. Ich kenne dich schon so lange.«

»Savannah, ich weiß, im Moment läuft es nicht sehr entspannt zwischen uns, aber du bist die Frau, die ich heiraten werde«, versichere ich ihr und klopfe an die Holztür.

Von drinnen höre ich schwere Schritte und plötzlich steht Adrian nur in Boxershorts und einem weißen T-Shirt mit völlig zerzausten Haaren vor mir.

Kurz bleibt mir meine Stimme weg und ich muss mich für einen Moment zusammenreißen. Mit Adrian hier, in meinem Haus, hätte ich wirklich nicht gerechnet. Emma hat mir doch erst auf dem Ball erzählt, dass die beiden nicht zusammen wären.

Völlig baff stehe ich hier an der Tür und merke erst, wie lange ich schon in Gedanken bin, als ich Savannahs Ellbogen in meinen Rippen spüre.

»Oh wie süß, Adrian, Sie haben Emma hier besucht«, schwärmt Savannah. Ihre Erleichterung über Adrians Anwesenheit und Emmas Beziehungsstatus sind deutlich spürbar.

Ohne weitere Worte trete ich ein und bleibe im

Wohnzimmer stehen, als Emma gerade die Treppe heruntergelaufen kommt.

»Oh, hey, guten Morgen«, sagt sie und bindet ihre blonden noch feuchten Haare zu einem Zopf zusammen.

»Adrian wollte gerade gehen«, sagt sie mehr an mich, als an die restlichen Anwesenden gerichtet.

»Wollte ich das?«, möchte Adrian von ihr wissen und erntet dafür einen finsteren Blick von Emma.

Irritiert betrachte ich, was sich vor meinen Augen abspielt. Warum nur muss ich dieses dumpfe Gefühl in meiner Magengegend spüren, wenn ich Emma mit ihm sehe. Alle meine feinen Härchen stellen sich auf und wollen diesen schmierigen Typen am liebsten vertreiben.

»Komm, lassen wir die beiden doch alleine. Wir können ja ein paar Minuten später fahren«, meint Savannah grinsend und deutet Richtung Terrasse.

Nur widerwillig folge ich ihr nach draußen.

»Luke, tut mir leid, ich war wohl einfach nur aufgewühlt und emotional wegen der Hochzeit. Ich bin mir sicher, Emma stellt keine Gefahr für unsere Hochzeit dar«, sagt sie erleichtert und setzt sich auf einen der Stühle am Tisch.

»Gut«, gebe ich von mir und betrachte den weiten Ozean.

Alles ist genau durchgeplant. Jeder Schritt in meinem Leben wurde sorgfältig geplant. Mein Business läuft gut, es sieht so aus, als würde ich die Wahl gewinnen, und ich könnte wohl glücklicher nicht sein. Meine Langzeitfreundin wird meine zukünftige Frau werden und doch bin ich nicht glücklich.

»Wir sollten vor der Wahl noch zu zweit etwas Schönes unternehmen«, schlage ich als rettenden Anker vor.

Savannah mustert mich einen Moment prüfend und nickt schließlich lächelnd.

»Du hast recht, wir müssen an unserer Beziehung arbeiten. Ich möchte nicht, dass irgendjemand merkt, wie es gerade zwischen uns läuft.«

Wir nehmen ein kleines Privatboot, das meiner Familie gehört und im Yachthafen von Porto Bello liegt. Von hier sind es nur wenige Minuten mit dem Boot, bis wir die kleine Insel erreichen. Das Meer ist dunkelblau und die Sonne glitzert auf dem Wasser. Wenn man Glück hat, kann man sogar Delfine sehen. Ich war oft mit meinem Großvater hier draußen auf dem Meer, und ich erinnere mich, als wäre es gestern gewesen. Damals war alles so einfach, die Sommerferien verbrachte ich fast ausschließlich bei meinen Großeltern am Meer.

»Emma, du musst Adrian zu unserer Hochzeit einladen«, höre ich Savannah sagen. Die beiden Frauen haben es sich auf der Liegefläche des Bootes gemütlich gemacht.

»Ach, nein, ich weiß nicht, das ist keine gute Idee«, widerspricht ihr Emma und setzt sich auf.

»Das ist so romantisch, ich meine, welcher Mann reist einer Frau denn schon so viele Kilometer hinterher«, schwärmt Savannah und streckt sich auf der Liegefläche.

»Ja, aber ich und Adrian, so richtig zusammen sind wir nicht«, wendet Emma ein.

»Na ja, für mich sieht das schon sehr danach aus, er ist bestimmt ein toller Mann. Er kommt aus einer guten Familie und scheint ein gutes Benehmen zu haben.«

Emma zuckt nur mit den Schultern und blickt hinaus auf das Meer. Sie wirkt heute so betrübt und mich lässt das Gefühl nicht los, dass es ihr nicht gut geht. In ihren Augen fehlt mir das Glitzern und diese pure Lebensfreude. Heute wirken ihre Augen so voller Last und Schwere.

»Erzähl mir lieber, wie du dir das Dinner vorgestellt hast«, wirft Emma ein und wechselt das Thema.

Nur kurze Zeit später legen wir mit dem Boot am Hafen an und gehen zu Fuß Richtung Location, die laut Emma die schönste zum Heiraten sein soll. Hinter mir und Emma läuft Savannah langsam hinterher und diskutiert lautstark an ihrem Handy.

»Was soll das heißen? Fünfzigtausend Stück sind nicht richtig beschriftet! Das Logo ist das Wichtigste«, frustriert bleibt sie stehen und spricht weiter. »Das ist nicht euer Ernst, ihr habt das nicht im Griff. Ich kann die Ware so nicht an die Kunden gehen lassen, damit verliere ich meinen guten Ruf«, beklagt sie sich und fährt sich frustriert durch ihre dunklen Haare.

»Ich komme gleich, geh ruhig schon mal vor«, wende ich mich an Emma und warte auf Savannah, die mit ihrem Geschäftsführer telefoniert.

Emma nickt und geht den Weg in Richtung der kleinen Kapelle am Meer weiter. Ich sehe ihr noch nach, wie sie in einem eng anliegenden Jeanskleid die Straße am Meer weiterläuft, als Savannah das Gespräch beendet.

»Alles in Ordnung?«, möchte ich wissen, doch Savannah schüttelt nur ihren Kopf.

»Nein, gar nichts ist in Ordnung. Ich muss zurück nach New York. Jetzt!«

Ungläubig schüttle ich meinen Kopf. »Du musst jetzt zurück? Du meinst nach der Besichtigung?«

»Nein, ich muss jetzt sofort nach New York. Mach die Besichtigung mit Emma fertig, maile mir die Bilder und schließe hier alles mit ihr ab. Ich vertraue dir«, sagt sie und tätschelt meinen Arm.

»Aber, Savannah«, wende ich ein, doch sie zuckt nur mit ihren Schultern.

»Ich muss mich dieses Mal selbst um mein Business kümmern. Ich nehme das Boot und schicke es euch später zurück. Ich werde mit dem Helikopter deines Vaters fliegen, wir sehen uns in New York. Ich kann die Angelegenheiten nicht ruhen lassen, dafür steht einfach zu viel auf dem Spiel.«

»Willst du jetzt tatsächlich einfach so fahren und mich hier alleine lassen?«

Savannah zuckt mit ihren Schultern und verdreht ihre Augen. »Du bist ja nicht alleine, Emma ist hier. Sie soll dir helfen, eine geeignete Location zu finden. Ich meine, wir bezahlen sie dafür. Das wird sie wohl hinbringen. Wir sehen uns in New York. Bis bald«, sagt sie und wirft mir eine Kusshand zu.

SIEBZEHN

LUKE

Ich blicke Savannah kurz irritiert hinterher und habe Emma nach wenigen Schritten eingeholt. Diese blickt unschlüssig und macht eine fragende Geste.

»Luke, wo ist Savannah? Wir wollten uns doch die Kirche ansehen. Sag mir nicht, dass sie es sich erneut anders überlegt hat. Langsam wird es wirklich schwierig eine Location zu finden, die ihren Ansprüchen genügt.«

»Nein, so ist es nicht. Savannah hat einen Termin …«

»Einen Termin?«, unterbricht mich Emma fassungslos. Stirnrunzelnd schüttelt sie ihren Kopf und verschränkt ihre Arme vor ihrer Brust.

»Du willst mir doch nicht erzählen, dass deine Verlobte jetzt einen Termin hat. Wir wollten uns diese Kirche ansehen, weißt du wie schwierig es ist, hier eine Besichtigung zu bekommen?«

»Das weiß ich, aber Savannah hat einen wichtigen

Anruf aus New York bekommen. Sie muss sofort zurück, weil es Probleme in ihrer Firma gibt.«

»Dann werden wir auch zurückfliegen, ohne Braut macht die Besichtigung wohl wenig Sinn«, meint Emma sichtlich enttäuscht und möchte gerade zurückgehen.

»Nein warte, Savannah möchte, dass wir uns die Kirche gemeinsam ansehen. Sie hat mich beauftragt, eine Location zu finden und ihr später die Bilder zu zeigen.«

»Wir sollen was?« Entrüstet schüttelt Emma ihren Kopf und gestikuliert wild mit ihren Händen herum. »Nein, Luke, nein, ich mache das sicher nicht mit dir alleine. Das ist überhaupt keine gute Idee, ich darf das nicht vermasseln. Ich meine, wir beide? Ausgerechnet wir beide sollen eine Location aussuchen, in der du Savannah heiraten wirst?«

Aufgeregt marschiert sie vor mir auf und ab und deutet zwischen uns beiden hin und her.

»Emma, was soll denn schon passieren? Du zeigst mir die Location, ich mache Fotos und maile sie Savannah. Savannah und ich werden uns bis Ende nächster Woche entscheiden, das verspreche ich dir. Wir werden die Sache einfach hinter uns bringen, wir können doch professionell miteinander umgehen.«

Sachlich versuche ich, ihr die Situation zu erklären und keine große Sache daraus zu machen, wenngleich ich mich selbst dabei wie ein Idiot fühle.

»Was passieren soll? Ich weiß auch nicht, vielleicht genau das, was uns erst gestern passiert ist, als wir alleine waren. Luke, ich meine es ernst«, sagt Emma sanfter, »ich will es nicht vermasseln und uns beide kann man wohl nicht alleine lassen.«

Natürlich weiß ich, was sie damit meint. Es gäbe keine unpassendere Kombination als uns beide hier zusammen. Seit ich sie heute Morgen mit Adrian gesehen habe, ist dieses dumpfe Gefühl in meinem Magen zurück und will gar nicht mehr weichen. Es ist mir bitter bewusst, dass ich in Emmas Nähe unvorsichtig werde, umso wichtiger ist es, die Besichtigungen und die gemeinsame Zeit so schnell wie möglich hinter uns zu bringen. Selbst wenn sich mein Herz noch nie so sehr nach einer Frau gesehnt hat wie nach Emma.

Ein Gespräch mit meinem Vater gestern Abend hat mir noch einmal deutlich gemacht, wie wichtig mein Sieg in New York auch für seine Karriere ist. Ein Abkommen von meinem Weg, eine Liaison mit einer anderen Frau oder gar eine Trennung von Savannah ließen unsere Familie in keinem guten Licht dastehen. Unsere aufgebauten Werte wie Glaubwürdigkeit und Stabilität würden sinken und die Bürger und Bürgerinnen würden das Vertrauen in mich und in meine gesamte Familie verlieren.

»Was soll schon sein, du hat doch sowieso Adrian an deiner Seite«, sage ich und klinge dabei viel eifersüchtiger, als ich es eigentlich möchte. Ich werde Savannah heiraten, ich werde bald der neue Bürgermeister von New York sein und ich habe keine Zeit, mich für eine andere Frau zu interessieren. Das gestern war ein erneuter Ausrutscher, der mir nicht mehr passieren darf.

»Gut, wenn du da keine Probleme siehst.« Emma verdreht theatralisch ihre Augen und stapft an mir vorbei Richtung Kirche.

Ich folge ihr und habe ganz schön damit zu kämpfen, ihr hinterherzukommen. Emma legt ein ziemliches Tempo vor.

Erst in der Kirche, kurz vor dem Altar, bleibt sie wieder stehen. Die Kirche ist beeindruckend. Sie hat viele bodentiefe Fensterfronten, die eine unglaublichen Blick auf den Ozean bieten.

»So und jetzt sag mir, ob es dir gefällt.« Emma stemmt ihre Hände in ihre Hüften und blickt mich abwartend an.

»Da sind Sie ja«, erklingt eine Stimme hinter uns, die uns beide in die Richtung des Sprechers blicken lässt.

Ein etwas älterer Pastor steht vor uns und öffnet seine Hände, um uns zu begrüßen. »Das freut mich, dass Sie sich meine Kirche anschauen, und ich bin mir sicher, Sie beide werden sich hier sehr wohlfühlen. Ich spüre diese Verbindung zwischen Ihnen förmlich und ich freue mich, wenn ich Ihnen den Strand rund um die Kirche zeigen darf.«

»Nein, das verstehen Sie falsch, meine Verlobte ist …«, möchte ich dem Pastor gerade erklären, als ich von diesem unterbrochen werde.

»Sie wissen doch, dass ich mir nur noch für Brautpaare die Mühe mit einer Führung mache. Für einfache Schaulustige haben wir einfach nicht genügend Kapazitäten. Auch meine Zeit ist leider begrenzt und wertvoll. Was möchten Sie also zu ihrer Verlobten sagen? Ist es wichtig? Sonst können wir gleich losgehen.«

»Nein, nichts Wichtiges. Vielen Dank, dass sie uns ihre Zeit schenken«, mischt sich Emma ein und verschränkt ihre Hand mit meiner. Ein Blitz jagt durch meinen Körper und ich spüre, wie sich meine Härchen aufstellen.

»Dann bin ich ja beruhigt, so war es auch ausgemacht. Ich denke, wir beide haben telefoniert?«

Emma nickt und lächelt freundlich. Sie lässt sich nichts von der Scharade anmerken und spielt ihre Rolle als meine zukünftige Frau perfekt.

Je länger der Pastor uns herumführt und ich Emma so nahe bin, desto mehr zieht sie mich schon wieder in ihren Bann, und ich muss erneut aufpassen, nicht von meinem Vorhaben abzuweichen.

»Ich bitte Sie beide jetzt zum Abschluss meiner kleinen Führung, sich hier vor dem Altar einmal aufzustellen und das Gefühl wirken zu lassen. Spüren Sie in sich hinein, in diesen magischen Ort, mit dem Menschen vereint, mit dem sie Ihr Leben teilen wollen.«

Emma knabbert an ihrer Unterlippe herum und blickt Richtung Boden.

»Ein Moment der Stille, der Nähe und der Liebe«, spricht der Pastor, als Emma ihren Blick hebt und mir direkt in meine Augen sieht.

Für einen Moment verschmelzen unsere Blicke

miteinander und keiner von uns beiden ist fähig, den Blick zu lösen.

»Sie dürfen die Braut jetzt küssen«, höre ich die Worte des Pastors und bin mir nicht sicher, ob ich sie mir nur eingebildet habe.

»Bitte was?«, frage ich den Pastor.

Dieser formt ein Lächeln auf seinen Lippen und deutet auf Emma und mich.

»Ich weiß ja, auf was die zukünftigen Eheleute am meisten warten. Auf diesen einen Kuss. Sie können sich gerne jetzt zur Probe küssen. Also auf mein Zeichen: Sie dürfen die Braut jetzt küssen!«

Kurz warte ich ab, Emma blickt immer noch in meine Augen und knabbert erneut an ihrer Unterlippe. Sie scheint genauso unschlüssig zu sein wie ich. Wenn wir uns jetzt nicht küssen, fliegt der ganze Schwindel auf.

»Bitte«, fordert uns der Pastor lächelnd mit einer Handbewegung auf. Aus der Nummer kommen wir so nicht mehr heraus. Meine Zweifel nagen an mir, doch sobald mein Blick mit Emmas verschmilzt, sind alle Zweifel für den Moment erloschen. Die Worte meines Vaters, der Druck meiner Familie, all das gerät in Vergessenheit. Ich beuge mich näher an sie, berühre mit meinen Händen sanft ihr Gesicht und nähere mich ihren Lippen. Emmas wacher Blick lässt mich keine Sekunde aus den Augen, doch kurz bevor sich unsere Lippen berühren, schließt sie ihre Augen. Langsam, fast wie in Zeitlupe begegnen sich unsere Lippen, hier vor den wachsamen Augen des Pastors, in der Kirche, in der ich Savannah heiraten soll. Völlig überwältigend ist das Gefühl, als sich unsere Lippen begegnen.

Emma ist wie eine Droge, die süchtig macht nach viel mehr. Man weiß, dass es sinnlos ist und dennoch, bekommt man nicht genug davon. Erst als ich das Schmunzeln des Pastors wahrnehme, löse ich mich wieder von Emmas Lippen.

»Ihre tiefe Zuneigung zueinander ist spürbar, ich freue mich, sie auf ihrem Weg zum Ehegelübde begleiten zu dürfen. Für mich als Pastor ist es unentbehrlich, dass die Liebe zwischen dem Paar spürbar ist.«

Emma fährt perplex mit ihrem Zeigefinger über ihre Lippen und blickt verstohlen in mein Gesicht.

»Also, wann darf der Termin stattfinden?«, möchte der Pastor wissen. Emma ist immer noch stumm und findet keine Worte.

»Wir werden uns auf jeden Fall bei Ihnen melden«, sage ich und stupse Emma leicht in ihre Rippen.

»Ähm natürlich, wir werden uns melden und einen Termin für die Hochzeit ausmachen. Das ist einfach alles so aufregend für mich und meinen Verlobten, nicht wahr, Luke?«

»Ja, wir sind beide sehr gespannt und können es kaum mehr erwarten, hier zu heiraten«, sage ich und räuspere mich.

Wie war das noch gleich mit Lügen in einer Kirche? Ich bin mir sicher, ich werde dafür in der Hölle landen. Emma ist die Sünde, die mich schwach macht und komplett einnimmt.

Plötzlich wirkt Emma nachdenklicher und erneut

knabbert sie an ihrer Lippe, ehe sie mich für einen kurzen Moment mustert.

»Ich habe noch eine Frage. Wäre es auch möglich, einen Pastor aus New York mitzubringen, der uns hier das Ehegelübde abnimmt? Ein befreundeter Pfarrer würde uns nur zu gerne hier in dieser Kirche trauen, natürlich nur mit ihrem Segen«, möchte Emma vom Geistlichen wissen.

Zustimmend nickt er und lächelt. »Natürlich ist das möglich, aber informieren sie mich, ich möchte mir ihre Hochzeit nicht entgehen lassen.«

»Das werden wir selbstverständlich machen«, sage ich und bin froh, dass Emma diese raffinierte Idee mit dem Pastor aus New York hatte.

ACHTZEHN

EMMA

»Danke fürs Fahren«, sage ich kurz angebunden und schließe die Tür von Lukes Wagen eine Spur zu kräftig.

Damit laufe ich zum Haus und verschanze mich anschließend hinter der geschlossenen Haustür. Mit klopfendem Herzen lehne ich mich gegen die Tür und versuche mein Gefühlswirrwarr zu glätten.

Dieser Mann reibt meine Gefühle viel zu sehr auf, und egal wie sehr ich versuche, mich dem zu widersetzen, gelingt es mir nicht. Ich spüre, wie ein Sturm Schmetterlinge noch immer in meinem Bauch unterwegs ist und mein Herz viel zu schnell klopft. Ständig habe ich dieses eigenartige Flattern in meinem Bauch, wenn er in meiner Nähe ist und meine Knie fühlen sich wie Pudding an. Mein sonst so gut funktionierender Verstand setzt komplett aus und ich werde zu einer hormongesteuerten Version meiner selbst. Schrecklich!

Sophia, der ich das Gefühlswirrwarr erzählt habe,

schmunzelte zuerst nur und meinte schließlich, ich wäre zum ersten Mal in meinem Leben verliebt. So ein Blödsinn. Ich und verliebt – bestimmt nicht. Ich denke einfach, es sind Hormone, die verrückt spielen. Laut meiner Schwester alias Frau Dr. Love soll ich ihm von meinen Gefühlen berichten und ehrlich zu ihm sein. Gleichzeitig meinte sie, Savannah tue ihr dabei auch leid, so kurz vor der Hochzeit. Ich weiß ja selbst, dass das, was wir hier machen, völlig falsch ist.

Draußen geht die Sonne langsam unter, die letzten Sonnenstrahlen leuchten durch das große Fenster ins Wohnzimmer herein und durchfluten den Raum mit einem warmen Licht. Ich versuche, mich durch eine Atemübung aus dem Yoga Kurs zu entspannen und meine kreisenden Gedanken an Luke loszulassen. Es wirkt fast so, als wäre der Wohnbereich eingehüllt in ein orangefarbenes Meer. Wunderschön tanzen die letzten Sonnenstrahlen des Tages im Wohnzimmer umher und werfen kleine Lichtsprenkel an die weiße Wand.

Da fällt mein Blick auf ein Bild, das neben dem Kamin hängt. Ich habe ihm gestern keine weitere Aufmerksamkeit geschenkt, aber heute weckt es meine Neugier. Ich gehe näher heran und berühre das Bild mit meinem Zeigefinger. Der Rahmen des Bildes dürfte aus einem alten Stück Treibholz gefertigt sein, er fühlt sich rau an. Doch noch viel mehr weckt der Inhalt mein Interesse. Auf einem weißen, leicht gelblich verfärbten Papier steht in Handschrift geschrieben: *Folge deinem Herzen, es ist der einzige Weg, um das*

Glück zu finden! In Liebe deine Oma. Ich spüre, wie meinen Körper eine Gänsehaut überfällt, und lese die Botschaft von Lukes Oma ein weiteres Mal. *Folge deinem Herzen*!

Ich drehe den Rahmen um und bemerke dahinter einen kleinen Schlitz. Vorsichtig versuche ich ihn zu öffnen und auf einmal entdecke ich hinter dem Rahmen, versteckt zwischen dem Deckel und dem Spruch einen kleinen Zettel. Er ist nicht größer als ein Post-it. Irgendetwas muss es mit dem Zettel auf sich haben, der mindestens zwei Mal zusammengefaltet ist. *Folge deinem Herz, es ist der einzige Weg, um das Glück zu finden!* Genau das sollte man tun, wie recht sie doch hat. Ich spüre eine ganz eigenartige Verbindung zu ihr, obwohl ich sie nur durch Erzählungen kennenlernen durfte. Sie muss eine unglaubliche Frau gewesen sein. Diese Liebe ist über ihren Tod hinaus so deutlich spürbar.

Dagegen komme ich mir so leer vor. Heidi muss so voller Gefühle und Liebe gewesen sein. Ich hingegen versuche, mich mit aller Kraft gegen die Liebe zu wehren. Natürlich liebe ich meine Schwestern, doch einen Mann in mein Leben zu lassen, war bis vor Kurzem undenkbar. Viel zu groß war meine Angst, auf einen Versager zu stoßen, der mich so behandelt, wie Mums Männer damals. Jahrelang habe ich versucht mein Herz außen vor zu lassen und keine Gefühle für jeglichen Mann zuzulassen. Doch jetzt, zum ersten Mal in meinem Leben, scheint es so, als würde Luke tatsächlich mein Herz berühren. Vielleicht ist es sogar richtig so. Vielleicht gibt es doch noch Exemplare, die einen nicht misshandeln oder demütigen. Vielleicht gibt es diese guten Kerle, und ein kleiner Teil in mir wünscht sich, von einem Prinzen gerettet zu werden.

Vorsichtig stecke ich die Botschaft wieder zurück, denn auch wenn ich richtig neugierig bin, werde ich die Nachricht nicht lesen.

Plötzlich klopft es wild gegen die Haustür. Verwundert gehe ich Richtung Eingang, um nachzusehen, wer davor steht. Ich öffne sie und kann meinen Augen kaum trauen.

»Adrian«, entkommt es mir erschrocken.

Er sieht noch schlimmer aus als gestern Abend, trägt immer noch die gleichen Klamotten und sieht aus, als hätte er ewig nicht mehr geschlafen. Plötzlich drückt er die Tür grob auf und blickt mich mit einem intensiven Ausdruck an.

»Was willst du hier? Adrian, ich habe dir doch gestern schon gesagt, dass ich dich nicht mehr sehen will!«

Ich bekomme innerlich richtig Angst. Mein Herz klopft und mein Brustkorb hebt und senkt sich viel zu schnell. Adrian wirkt, als hätte er die Kontrolle über sich selbst verloren und ist nur mehr eine düstere Version seiner selbst. Er wirkt unberechenbar, und ich weiß, ich sollte ihn so schnell wie möglich loswerden. Adrian aber macht gar keine Anstalten zu gehen, im Gegenteil, er lehnt sich locker gegen die Tür.

»Emma, ich habe den ganzen Tag auf dich gewartet«, sagt er und drückt die Tür plötzlich noch weiter auf.

Ich versuche die Tür zu schließen und ihn vom Eingang wegzuschieben, doch mein Versuch scheitert kläglich. Adrian ist stark und für ihn ist es ein Leichtes, sich Zutritt zum Haus zu verschaffen. Er drängt mich zur Seite und ich strauchle dabei nach hinten. Als er die Tür hinter sich schließt, steigt mein Herzklopfen noch weiter an. Panik steigt in mir auf und ich merke, wie das Adrenalin durch meinen ganzen Körper jagt. Was ist nur mit ihm los? Was ist aus meinem Freund geworden und was will er hier von mir?

»Hast du etwa Angst vor mir?«, will er mit einem schelmischen Grinsen im Gesicht wissen. Er macht sich noch breiter und baut sich mächtig vor mir auf. Vor Angst laufe ich rückwärts weiter Richtung Wohnzimmer und fühle mich immer mehr in die Enge getrieben.

»Adrian, wir können über alles reden, aber jetzt gerade machst du mir wirklich Angst.«

Meine Stimme ist gebrochen, alles in mir bebt vor Panik. Ich versuche, Adrian zu entspannen, doch das klappt nicht. Er kommt weiter auf mich zu und verkleinert die aufgebaute Distanz zu ihm immer weiter. »Adrian. Stopp«, ermahne ich ihn eindringlich und versuche, Platz zwischen uns zu bekommen, indem ich ihn mit meiner Hand von mir wegstoße.

»Emma, sei nicht so zimperlich, sonst hat es dir doch auch immer gefallen. Oder ist es wegen Luke?«, er funkelt mich wütend an und drängt mich mit seinem Körper wütend gegen die Wand im Wohnzimmer.

Ich spüre die Wand an meinem Rücken und eine Gänsehaut wandert über meinen Körper.

Meine Füße fühlen sich wackelig an und mein Herz hämmert vor lauter Angst wild in meiner Brust, während noch mehr Adrenalin durch meine Adern saust.

»Adrian, es ist genug. Lass mich in Ruhe und verschwinde von hier«, sage ich drohend und mobilisiere meine ganze Kraft, um ihm die Stirn zu bieten.

Ich versuche, mich aus seinem Griff zu befreien, doch er drückt mich weiter fest mit einer Hand gegen die Wand und mit der anderen Hand hält er meine Handgelenke fest umschlungen.

Egal, wie sehr ich es versuche, ich kann mich nicht befreien und bin ihm ausgeliefert.

»Bitte, Adrian, bitte lass mich los«, flehe ich, doch Adrian grinst nur bitterböse. Seine Augen wirken auf eine angsteinflößende Art und Weise richtig verrückt. Ich wollte mir nie wieder etwas von einem Mann gefallen lassen und nicht mehr in eine Schockstarre fallen, doch genau das passiert gerade. Statt mich zu wehren oder auf ihn loszugehen, stehe ich da, fühle mich so hilflos und bin nicht fähig, mich zu bewegen oder mich zu befreien.

»Warum willst du diesen Luke? Sag es mir, Emma. Warum?«

Er umfasst mein Kinn grob und lässt es Sekunden

später wieder los. »Sag schon, Emma!«, befiehlt er mir und wartet ungeduldig.

»Adrian. Das verstehst du falsch. Ich und Luke, da ist nichts! Luke wird heiraten und ich organisiere nur die Hochzeit der beiden, das ist alles.«

Erneut klingt meine Stimme viel zu dünn und ich räuspere mich.

»Mach das jemand anderem vor, aber nicht mir. Ich habe dich den ganzen Tag über beobachtet und ich weiß was hier läuft.«

Irritiert schüttle ich meinen Kopf. Wie sollte er mich beobachtet haben?

»Aber, aber wie solltest du mich gesehen haben? Ich meine wie ...?«

Adrian lacht hämisch auf und umfasst mein Handgelenk fester. Mit seiner freien Hand fährt er meinen zitternden Körper ab und lässt seinen Daumen über meine Lippen wandern.

»Ich bin ständig in deiner Nähe, ich kenne jeden deiner Schritte und ich bin so lange im Dunkeln geblieben, doch damit ist jetzt Schluss. Emma, ich will dich. Du gehörst mir!«

Ich schnappe nach Luft, weil sich alles so eng anfühlt. Ich habe das Gefühl, ich würde ersticken vor lauter Schwere, und atme tief ein und wieder aus.

»Was redest du da?«, frage ich nach Luft schnappend.

Wieder lacht er hämisch auf und fährt mir durch mein blondes Haar.

»Oh Emma, ich bin dir bei jedem deiner Schritte gefolgt. Ich bekomme nicht genug von dir. Von deiner Stimme, deiner Schönheit, deiner Verletzlichkeit. Ich wusste genau, was ich machen muss und wie sehr es dich verängstigt, auch wenn du dich immer so tough stellst.«

»Adrian, hast du mich die letzten Monate verfolgt? Warst du es, der mich immer wieder anrief und der, der mich verfolgt hat?«

Mein Herz zieht sich schmerzhaft zusammen. Ich fühle mich so verraten von ihm. Dieser nickt nur stumm und presst seinen Körper enger an meinen.

»Ich war immer bei dir, ich konnte dich doch nicht aus den Augen lassen, Emma«, flüstert er in mein Ohr und hängt erneut ein diabolisches Lachen daran.

Alle meine Härchen stellen sich vor Angst und Panik auf.

»Wie schnell dein Herz schlägt, Emma. Das macht mich so an. Ich werde doch gut auf dich aufpassen«, sagt er und drückt seinen Körper noch enger an meinen.

Ich möchte schreien, ich möchte ihm eine verpassen und doch stehe ich genauso reglos da, wie damals, als ich noch ein kleines Mädchen war.

Heul nicht, dringen noch die Worte von damals an mich und versetzen mich kurz in meine Kindheit zurück. Ein schmerzvoller Moment, der der Gegenwart kaum in etwas nachsteht. Adrians wütender Blick wandert an mir auf und ab und bleibt abermals an meinem Gesicht hängen.

»Emma, Emma, Emma«, sagt er und streift mit

seinem Daumen wieder über meine Lippen. »Was werde ich denn als erstes mit dir anstellen. Du wirst jetzt etwas freundlicher zu mir sein, verstanden?«

Ich schüttle angewidert meinen Kopf und drehe mich zur Seite, doch Adrian packt mich an meinem Kinn und zwingt mich, ihn anzusehen.

»Ich habe gesagt, du sollst etwas freundlicher sein«, befiehlt er.

»Adrian, lass mich in Ruhe«, presse ich aus mir heraus und versuche, mich abermals zu befreien, doch Adrian hält mich mit aller Kraft davon ab.

»Lass mich los, Adrian«, schreie ich nun voller Inbrunst, als plötzlich Schritte im Eingangsbereich zu hören sind.

»Hallo? Emma?« Ich höre Lukes Stimme und seine Schritte, die näher Richtung Wohnzimmer kommen.

»Hier, hilf mir«, rufe ich.

Adrian packt mich fester und hält mir den Mund mit seiner Hand zu. Ich versuche zu schreien, doch ich bringe nur leise Töne aus mir heraus.

»Sei still«, befiehlt er und möchte mich Richtung Terrasse zerren.

Erneut versuche ich, ihn mit aller Kraft aufzuhalten, doch Adrian ist verdammt stark. Ich schreie und winde mich, so laut ich kann, und gerade, als Adrian mich durch die geöffnete Terrassentür nach draußen zieht, steht Luke plötzlich nur wenige Schritte von uns entfernt.

NEUNZEHN

LUKE

Warum ich hier bin? Vor meinem Haus, in dem sich Emma gerade befindet? Weil ich, seit sie aus meinem Auto ausgestiegen ist, an nichts anderes mehr denken kann als an sie. Selbst wenn ich es mit aller Macht verhindern will, schaffe ich es nicht, Emma aus meinen Gedanken zu verbannen. Allein der Gedanke an sie reicht aus, damit ich ein Kribbeln in mir spüre. Was ich mir hier genau erwarte, weiß ich selbst nicht. Ich weiß nur, dass ich sie sehen will. Dass ich bei ihr sein will und Zeit mit ihr verbringen möchte. Koste es, was es wolle. Also habe ich kehrtgemacht und stehe nun hier vor der Tür. Da Emma auf mein Klopfen hin nicht geöffnet hat, die Tür aber nicht abgeschlossen ist, verschaffe ich mir selbst Eintritt ins Haus.

Ein eigenartiges Gefühl überfällt mich beim Betreten des Hauses. Ich weiß nicht warum, aber rein intuitiv spüre ich, dass hier etwas nicht in Ordnung ist. Ich höre Schritte und Stimmen vom Wohnbereich aus und dann kommt es mir so vor, als würde Emma um Hilfe rufen.

»Hilfe«, höre ich es nun ganz eindeutig und ich laufe schnell Richtung Wohnzimmer.

Die Anspannung jagt durch meinen ganzen Körper und ich bin in wenigen Sekunden am Ort des Geschehens. Dort trifft mich ein Bild des Schreckens. Adrian packt Emma rabiat an ihrer Hand, gewaltsam hält er ihren Mund zu und versucht, sie Richtung Terrassentür zu zerren. Sein ertappter Blick trifft auf meinen schockierten Ausdruck. Adrian packt Emma noch fester und versucht, mit ihr aus dem Haus zu kommen.

»Lass Emma sofort los!«, befehle ich ihm und stürme auf ihn zu. Ich versuche, ihn von Emma wegzubekommen, und zerre von hinten an seinem Körper. Adrian aber lässt Emma nicht los und versucht, sie mit sich zu schleifen.

»Verschwinde von hier, Luke! Du solltest sowieso nicht hier sein. Du Betrüger!«, schnauzt er mich aggressiv an.

»Lass Emma sofort los!«

Erst als ich ihm einen Tritt verpasse, lässt er kurz von ihr ab. Ich möchte Emma in Sicherheit bringen, doch im nächsten Moment, noch bevor ich handeln kann, stößt er sie wild zu Boden. Emma kommt unkontrolliert auf dem Boden auf. Reglos bleibt sie liegen und mein Herz zieht sich vor Schmerz heftig zusammen. Ich möchte mich zu ihr knien und schauen, wie es ihr geht, doch genau in dem Moment verpasst mir

Adrian von hinten einen Schlag. Ein Schmerz zuckt durch meinen Körper, dem ich aber keine Beachtung schenke, und mich wieder aufrichte, um Adrian mit einem weiteren Tritt meinerseits zu Boden fallen zu lassen.

»Ich werde mich an dir rächen!«, ruft er und rappelt sich vom Boden auf.

»Verschwinde von hier oder ich rufe die Polizei!«

Adrian hinkt Richtung Ausgang und dreht sich dann noch einmal um. »Das wird ein Nachspiel haben, das verspreche ich dir!«

Damit verschwindet er aus dem Haus und ich eile zu Emma, die immer noch reglos am Boden liegt.

Jeder Schritt, den ich näher zu Emma mache, ist wie ein Stich in mein Herz. Ich knie mich neben sie und streichle vorsichtig über ihre Wange. Ihr Gesicht ist so weich und unschuldig.

»Emma, hörst du mich?«, frage ich sanft und plötzlich öffnet sie ihre Augen.

Erschrocken richtet sie sich auf und blickt sich entsetzt im Raum um. Ihre Augen spiegeln die pure Panik wider. »Wo, wo ist …?«, stammelt sie und tastet nach ihrer Wunde an ihrer Schläfe.

»Er ist weg, keine Sorge. Es ist alles in Ordnung, Emma«, versichere ich und streichle zärtlich über ihre Schulter.

Ihr Blick ist schwer und doch nickt sie schließlich. »Okay«, flüstert Emma zaghaft.

Ich ziehe sie schließlich vorsichtig in meine Arme und drücke sie fest an mich. So halten wir uns einfach nur und vergessen für einen kurzen Moment Raum und Zeit, während wir hier auf dem Fußboden sitzen. Emma scheint sich richtig fallen lassen zu können und ich merke, wie sie sich in meiner Umarmung zu entspannen beginnt.

»Danke, Luke«, sagt sie mit einer Schwere in der Stimme und wischt sich ein paar Tränen beiseite.

Emma ist so wunderschön und am liebsten würde ich sie vor allen Gefahren beschützen. Meine Hände besitzen erneut ein Eigenleben und ich ziehe sie wieder in meine Arme. Sie kuschelt sich an meine Brust und atmet entspannt ein und wieder aus.

»Soll ich einen Arzt rufen?«

Emma schüttelt ihren Kopf und sieht mir schließlich in die Augen. »Es geht schon, danke, ich fühle mich wieder besser. Ich brauche keinen Arzt. Vielleicht später einfach nur ein Pflaster für meine Wunde hier«, sagt sie und fasst sich an die Stelle an ihrer Schläfe.

Ich streichle zärtlich über ihren Rücken und so sitzen wir weitere Minuten einfach still zusammen am Boden. Ich spüre ihre Wärme, ich atme ihren Duft ein und fühle sie in jeder Zelle meines Körpers. Spätestens jetzt bin ich mir sicher, dass ich längst verloren bin. Dass es für mich vom ersten Moment an keine andere Wahl gab, als mich in Emma zu verlieben.

Nachdem wir lange zusammen auf dem Boden gesessen und uns einfach nur gehalten haben, sitzen wir nun zusammen auf der Treppe Richtung Meer. Draußen ist es bereits dunkle Nacht. Emma lehnt in meinem Pullover still neben mir. Sie legt ihren Kopf auf meine Schulter und blickt nachdenklich auf das Meer. Die Wellen gleiten sanft ans Ufer. Das Meer wirkt heute ruhig und entspannt und irgendwie ist dieses gleichmäßige Auf und Ab der Wellen fast schon hypnotisierend.

Emma hat mir alles über Adrian erzählt, von ihrem Kennenlernen und von ihrer *Beziehung*. Sie hat mir von seinen Anrufen berichtet und davon, dass ihr dieses Schwein aufgelauert hat. Ich hoffe, er hat nun begriffen, dass er sie in Ruhe lassen soll. Wenn nicht, dann muss ihn Emma unbedingt anzeigen, das sollte sie eigentlich jetzt schon machen. Doch Emma meint, sie möchte die Sache einfach abhaken und hofft, er akzeptiert das auch so. Sollte er es noch einmal wagen, Emma näher zu kommen, werde ich ihm eine Lektion erteilen. Er wird Emma nicht mehr anfassen, dafür werde ich persönlich sorgen und heute Nacht bleibe ich hier, um auf Emma aufzupassen.

Erst das Läuten meines Handys holt uns beide wieder in die Realität. Emma weicht von mir zurück und möchte sich wohl nicht aufdrängen, als ich das Handy aus meiner Hosentasche herausziehe, um das Läuten zu beenden. Ich drücke auf Ablehnen und somit Savannahs Anruf weg. Damit sie mich kein weiteres Mal stören kann, stelle ich mein Handy auf stumm.

»War das Savannah?«, möchte Emma nachdenklich wissen.

Stumm nicke ich und ziehe sie wieder in meinen Arm. Kurz spüre ich einen kleinen Widerstand in ihr, doch der hält nicht lange.

»Du solltest eigentlich rangehen, wenn dich deine Verlobte anruft.«

»Ich weiß, ich sollte ihr reinen Wein einschenken und ihr alles erzählen«, flüstere ich.

Emma dreht sich abrupt in meine Richtung und zieht ihre Stirn in Falten.

»Warum solltest du das tun, Luke? Jetzt, so kurz vor der Wahl, das wäre ein Fiasko für dich!«

Ich zucke mit meinen Schultern und schiebe sie wieder in meine Arme. »Weil es das Richtige ist, Emma!«

ZWANZIG

EMMA

Lukes Worte hallen noch immer in meinem Kopf nach, während ich an seiner Schulter lehne. Ich konnte mich noch gar nicht äußern zu dem, was er gesagt hat. Ich will es auch gar nicht. Ich weiß nicht, was das zwischen uns ist und was daraus werden kann. Im Moment bin ich einfach nur froh, ihn hier neben mir zu haben und mich an seine starke Schulter zu lehnen.

Ich weiß nicht, was passiert wäre, wenn er Adrian nicht gestoppt hätte. Nie hätte ich gedacht, dass Adrian hinter all dem steckt. Diese ganzen Anrufe, das ständige Gefühl, verfolgt zu werden. Ich habe Adrian völlig falsch eingeschätzt. Er hat sich da in etwas verrannt und driftete immer mehr vom richtigen Weg ab. Zum Glück weiß ich jetzt, dass er hinter all dem steckt. Ich hatte wirklich Angst, als er heute wieder aufgekreuzt ist, und ich weiß nicht, was passiert wäre, wenn Luke ihn nicht gestoppt hätte. Dennoch möchte ich ihm die Chance geben, sich selbst Hilfe zu suchen.

Sollte er sich mir jedoch noch einmal nähern, dann werde ich selbstverständlich Anzeige gegen ihn erstatten.

Langsam beginne ich, mich wieder rundum zu entspannen. Lukes Nähe beruhigt mich auf eine Weise, die annähernd nur Summer schafft. Ein tiefes Gefühl der Sicherheit in mir sagt mir, dass ich Luke vertrauen kann. Dass er anders ist als die anderen Männer, die ich bisher kennengelernt habe. Dass er nicht so ein Schwein ist wie die Männer meiner Mum. Luke ist wohl wirklich einer von den Guten.

Weil es das Richtige ist – erneut geht mir dieser Satz durch meinen Kopf und lässt mich nicht los.

Da fällt mir plötzlich die Nachricht seiner Großmutter ein, die im Bilderrahmen versteckt ist.

»Luke«, sage ich aufgeregt und stehe von der Stufe auf. »Ich muss dir unbedingt noch etwas zeigen, mir ist vorhin etwas aufgefallen. Komm mal mit.« Ich reiche ihm meine Hand, um ihn hochzuziehen.

»Okay, was willst du mir zeigen?« Neugierig folgt mir Luke ins Haus.

»Ich habe vorhin dieses Bild betrachtet und dann habe ich etwas entdeckt«, sage ich und nehme den Bilderrahmen von der Wand. »Sieh mal ganz genau hin«, sage ich und halte ihm den Bilderrahmen unter seine Augen.

»Ich weiß, das hat meine Großmutter für mich gemacht. Ich liebe das Bild.« Luke lächelt und streichelt über den Rahmen.

»Ja, aber da ist noch mehr. Ich habe auf der Rückseite etwas entdeckt.« Vorsichtig nehme ich ihm das Bild wieder aus der Hand und nehme den Holzrahmen ab.

»Du machst es spannend«, meint Luke und beobachtet mich genau.

»Hier, sieh mal.« Vorsichtig ziehe ich den kleinen gefalteten Zettel darin heraus. »Es ist bestimmt für dich. Ich habe ihn nicht gelesen, aber ich bin mir sicher, es ist eine Botschaft für dich.«

Luke runzelt seine Stirn und nimmt den kleinen Zettel vorsichtig in seine Hände. Behutsam faltet er ihn auf, bis die gleiche Handschrift wie auf dem Bild erscheint und einen kleinen Text preisgibt. Luke liest dessen Inhalt konzentriert. Ich beobachte ihn dabei genau, seine Stirn ist zuerst angespannt, wird dann aber weicher.

»Sie hat so recht«, sagt Luke aufgeregt und deutet auf die Botschaft in seiner Hand.

»Womit hat sie recht?« Neugierig blicke ich zwischen dem Zettel und Lukes dunkelblauen Augen hin und her.

»Damit, dass all das sinnlos ist, wenn man die Liebe außen vor lässt. Dass das Leben trostlos ist ohne Liebe und dass ich nicht den gleichen Fehler wie meine Eltern machen sollte.«

Lukes Blick trifft mich so tief und mein Herz klopft noch schneller in meiner Brust.

»Sie war bestimmt eine sehr weise Frau«, sage ich. Luke nickt zustimmend und faltet den Zettel wieder sorgsam zusammen.

»Das war sie. Mein Großvater hat mit der Heirat gegen jede Grundregel unserer Familiendynastie verstoßen und doch war er der Einzige, der richtig glücklich wurde. Heidi, meine Großmutter, stammte aus ganz einfachen Verhältnissen. Obwohl mein Großvater sie so sehr liebte, wurde sie nie wirklich geschätzt. Im Gegenteil, sie wurde von vielen belächelt. Selbst meine Mutter konnte nie ein gutes Haar an ihr lassen.«

»Du hast sie geliebt und ich bin mir sicher, sie war eine tolle Frau. Eine Frau, die das Herz am rechten Fleck hatte, genau wie du, Luke.«

Luke zuckt mit seinen Schultern und steckt den Zettel wieder zurück.

»Da bin ich mir manchmal nicht so sicher. Ich habe mich lang genug von meiner Familie lenken lassen und ich war jahrelang sehr zufrieden mit meinem Leben. Auch für mich waren Macht und Geld die Grundpfeiler in meinem Leben, die mich glücklich gemacht haben.«

»Luke«, sage ich, berühre die Stelle über seinem Herzen und spüre es schnell schlagen. »Es ist nie zu spät, das zu tun, was dich glücklich macht, und glaub mir, ich bin auch so lange vor Gefühlen weggelaufen.«

Luke hängt das Bild wieder zurück und kommt näher zu mir. Er verringert die Distanz zwischen uns und legt seine Hände sanft an meine Wangen. Eine meiner Haarsträhnen legt er hinter mein Ohr. Dabei spüre ich erneut, wie eine Gänsehaut meinen Körper überkommt. Luke lässt seine Hände entlang meiner Taille wandern und berührt mich dort zärtlich. In meinem Bauch flattern Hunderte von Schmetterlingen. Ich senke meinen Blick und als ich ihn einen Wimpernaufschlag später wieder hebe, blicke ich ihn Lukes einnehmende Augen. Mit der gleichen Intensität wie schon in der Bar betrachtet er mich. Seine blauen Augen wirken noch dunkler und nehmen mich komplett ein. Die knisternde Stimmung zwischen uns ist so deutlich spürbar und mein Verlangen, ihm noch näher zu sein, überwältigt mich fast.

»Emma, ich will dich. Ich will dich so sehr. Ich will dich so, wie ich noch nie eine Frau wollte. Gibst du mir eine Chance?«

»Mmh?«, entkommt es mir fragend.

Mein Herz überschlägt sich fast und mein ganzer Körper fühlt sich elektrisiert an.

»Ist das ein Ja?«, möchte Luke lächelnd wissen.

»Ich weiß es nicht. Ich, ja, ich bin einfach nicht gut in solchen Dingen«, stammle ich und beiße mir auf meine Lippe.

»In was? Im Küssen?«, fragt Luke neckend.

»Ich habe noch nie so richtig ...«, stammle ich und werde erneut von Luke unterbrochen.

»Lass es uns doch versuchen, Emma«, sagt Luke sanft und lässt seine Hände wieder an mein Gesicht wandern. »Ich habe noch nie eine Frau wie dich getroffen. Noch nie hat sie auch mein Herz so berührt und ich verspreche dir, ich versuche alles, um dich glücklich zu machen!«

»Okay. Ja«, hauche ich, worauf Lukes Gesicht ein zufriedenes Lächeln umspielt.

Und dann ist da der Moment, der sich anfühlt wie in einem romantischen, kitschigen Film. Luke beugt sich zu mir und berührt meine Lippen mit seinen. Sanft küsst er meinen Mund und ich schlinge meine Arme um seinen Nacken. Es ist ein so einnehmendes Gefühl, das meinen ganzen Körper in Sphären versetzt, die ich nie für möglich gehalten habe und von denen ich gar nicht genug bekommen kann.

Ich spüre seine Lippen auf meinen, ich atme seinen unverkennbaren Duft ein und habe das Gefühl, ich würde schweben. Diese Leichtigkeit und dieses Prickeln setzen sich bis in jede Zelle meines Körpers durch. Lukes Kuss wird leidenschaftlicher und gieriger, ich spüre, dass dieser Kuss hier erst der Auftakt von etwas Größerem sein wird.

»Ich will mehr«, hauche ich, nachdem ich meine Lippen für eine kurze Pause von Lukes Lippen gelöst habe.

»Mehr was?«, fragt Luke neckend. »Mehr von mir oder mehr mit mir?«

»Beides. Ich will dich, Luke. Ich will alles von dir«, stöhne ich in den nächsten Kuss hinein.

»Das gebe ich dir gerne«, erwidert er und küsst mich zärtlich.

Luke hebt mich auf seine Hüften und ich schlinge meine Arme um seinen Nacken. Küssend trägt er mich Richtung Sofa und lässt uns dort sanft nieder. Luke ist über mir und ich ziehe ihm gierig sein Poloshirt aus. Entblößt werden seine starke Brust und sein Sixpack. Sofort zieht sich mein Unterleib lustvoll zusammen und ich spüre das Verlangen tief in mir. Luke ist mindestens genauso erregt, wie ich es bin. Er hilft mir, mein Kleid vom Körper zu ziehen und öffnet meinen BH von hinten. Seine Augen glühen vor Lust, als meine Brüste aus dem Spitzen-BH geschält werden. Mit zarten Berührungen verwöhnt er meine Brüste und spielt mit ihnen, bis er sich schließlich ans Öffnen seiner Hose macht.

Lukes Schwanz steht stramm empor und ich schiebe ihm mein Becken als eindeutige Einladung entgegen. Luke zieht meinen String über meine Beine und verwöhnt mit seinen Fingern meine Perle mit zärtlichen Berührungen. Stöhnend lege ich meinen Kopf nach hinten und lasse mich fallen in das Gefühl, das mir Luke schenkt.

Ich ziehe Luke näher an mich, sodass sich unsere Lippen fast berühren und er es unterbrechen muss, mich mit seinen Fingern zu verwöhnen. Er streichelt zart über meine Wange und blickt mir mit einem tiefen Verlangen in meine Augen.

»Emma, ich will dich so sehr. Ich bin dir vom ersten Augenblick an verfallen.«

Ich schlinge meine Arme um seinen Nacken und drücke meine Lippen leidenschaftlich auf seine. Es ist ein tiefer, lustvoller Kuss. Lukes Zunge wandert in meinen Mund, um mit meiner Zunge in ein heißes Spiel einzusteigen. Es ist ein Spiel aus Geben und

Nehmen, während wir den Körper des anderen mit Berührungen noch besser kennenlernen.

»Emma, bitte sag mir, dass du ein Kondom hier irgendwo hast.«

Ich schüttle meinen Kopf und verneine seine Frage.

»Ich dachte nicht, dass es zu so etwas kommen wird«, sage ich und deute zwischen uns beiden hin und her, was Luke grinsen lässt.

»Aber ich nehme die Pille und ich schlafe sonst nie mit einem Mann ohne Kondom, es wäre eine Premiere.«

Luke beugt sich tiefer über mich, sein Schwanz berührt meine sensibelste Stelle. Vor Lust muss ich aufstöhnen und strecke mich nochmals nach hinten durch.

»Das trifft sich gut. Ich hatte auch gerade erst meine Untersuchung«, sagt Luke mit seiner lustvollen tiefen männlichen Stimme und dringt langsam in mich ein.

Ein unglaubliches Gefühl breitet sich in mir aus. Lukes Schwanz in mir zu spüren ohne etwas zwischen uns, ist das Intensivste, was ich je gespürt habe.

Langsam gleitet er weiter in mich, bis er komplett in mir versunken ist. Lukes Lippen berühren meine, als wir uns im Feuer der Lust zu bewegen beginnen. Es fühlt sich so intensiv an mit Luke, so unglaublich gut. Ich spüre, wie geschwollen meine Lippen vom Küssen bereits sind, kann aber nicht genug davon bekommen. Es fühlt sich nach dem besten Sex meines Lebens an.

Luke und ich bewegen uns im perfekten Rhythmus zusammen. Er dringt immer wieder tief in mich ein und gleitet Sekunden später wieder heraus. Ich bekomme gar nicht mehr genug von diesem Spiel. Ich vergesse alles um uns herum und lasse mich komplett in das Einssein mit Luke fallen.

Ich spüre, wie ein unglaublicher Orgasmus immer näher an mich herankommt. Wie eine Druckwelle baut er sich immer mehr in mir auf, Lukes Küsse und seine Berührungen geben mir den Rest und ich komme. Ich komme so, wie mich erst Luke in unserer ersten Nacht zum Kommen brachte. Ein langer unglaublicher Orgasmus bebt durch meinen Körper und nur Sekunden später schließt sich Luke mir an. Ich spüre, wie sein Schwanz in mir zuckt und er in mir kommt. Ihn so tief in mir kommen zu spüren, feuert meinen Orgasmus nur noch weiter an und ich verliere mich komplett im Moment der Befriedigung.

Ich verliere mich in Luke.

EINUNDZWANZIG

LUKE

Emma liegt an mich gekuschelt in meinem Arm. Ein Gefühl, an das ich mich definitiv gewöhnen kann – es fühlt sich richtig gut an. Ich möchte keinen Abend mehr anders einschlafen.

Ich streichle über Emmas nackten Rücken und spüre dabei eine tiefe Narbe, die ihren zierlichen Rücken zeichnet. Bis jetzt ist sie mir noch gar nicht aufgefallen, doch gerade kann ich meine Aufmerksamkeit kaum davon losreißen.

Emma scheint zu merken, dass ich für eine Millisekunde innehalte, ehe ich meine Finger weiter über ihren Rücken streifen lasse.

»Das ist einer der Gründe, warum ich vor dir keinen Mann in meinem Leben wollte«, sagt Emma und räuspert sich.

»Möchtest du mir erzählen, was passiert ist?«

Sanft streichle ich weiter über ihren Rücken und spiele mit einer ihrer blonden Haarsträhnen.

Ich spüre, wie sich ihr Körper unter meinen Händen anspannt.

»Emma, du musst mir nichts erzählen. Erzähl es mir dann, wenn du bereit dazu bist.«

Sie nickt und atmet tief ein und wieder aus.

»Ich will es dir erzählen, Luke. Ich hatte keine berauschende Kindheit«, fängt Emma an. »Meine Mum war nicht gerade eine Mutter, so wie du sie dir vielleicht vorstellst. Für sie standen Alkohol und Drogen an erster Stelle. Hätte ich Summer nicht gehabt, die sich um uns kümmerte, dann wüsste ich nicht, was aus mir und Sophia geworden wäre. An ihren schlechten Tagen war meine Mum launisch und blieb den ganzen Tag im Bett liegen. Wenn sie dann keinen Alkohol in der Wohnung fand, drehte sie durch.«

Ich ziehe Emma enger an mich und küsse sanft ihre Stirn. »Hat sie dir das angetan?«, möchte ich wissen, doch Emma schüttelt ihren Kopf.

»Nein. Sie rührte uns nicht an. Sie war auf eine andere Art und Weise gnadenlos. Wenn sie betrunken war, beschimpfte sie uns und sperrte uns im Zimmer ein, gab uns kein Essen oder Trinken. Sie demütigte uns mit Worten, aber sie schlug uns nie. Meine Mum hatte allerdings kein gutes Händchen, was Männer anging. Sie lernte immer wieder die falschen Typen kennen. Richtige Schweine ...«

In mir spannt sich alles vor Wut an, wie kann man das seinem eigenen Kind nur antun?

»Was haben sie dir angetan?«

Emma streichelt zärtlich über meine Brust, als ihr ein schweres Stöhnen entkommt.

»Manche von ihnen tranken auch gerne und ein paar hatten sich dann nicht mehr im Griff. Meist konnte Summer uns beschützen, doch wenn sie in der Schule war, dann konnten Mums Freunde mit uns machen, was sie wollten. Diese Narbe«, sagt Emma und deutet auf ihren Rücken, »bekam ich, als ich nach meiner Schwester sehen wollte. Mum und einer ihrer Freunde hatten einen furchtbaren Streit und meine kleine Schwester fing laut zu weinen an. Ich krabbelte aus meinem Versteck und wollte sie beschützen, als mich der Typ packte und eine Vodkaflasche an meinem Rücken zerschmetterte.«

»Emma, das tut mir so leid«, sage ich und merke, wie sich alles in mir anspannt. Wie kann man ein unschuldiges Kind nur so misshandeln?

»Das muss es nicht, ich habe es ja überlebt und danach wurde ich vorsichtiger. So etwas ist mir nicht mehr passiert, aber ich habe da einfach meinen Glauben an das Gute in den Menschen verloren und Männern habe ich nicht mehr über den Weg getraut. Ich wollte nie einen Mann in meinem Leben, es kamen immer wieder die Erinnerung an meine Kindheit und die Männer meiner Mutter hoch. Dieses Gefühl und dieser Schmerz verfolgten mich jahrelang. Wenn ich ehrlich bin, bis jetzt. Du bist der Erste, bei dem es sich so anders anfühlt.«

Nie wieder werde ich zulassen, dass jemand Emma verletzt, das verspreche ich mir.

»Danke, dass du es mir erzählt hast, das bedeutet mir sehr viel.«

Emma setzt sich auf und streichelt über mein Gesicht und meinen Bartschatten.

»Du bist der erste Mann, dem ich die Geschichte erzählt habe«, sagt sie mit einer schweren Stimme und lächelt schließlich tapfer. »Ich will nicht, dass du mich jetzt anders siehst, Luke. Ich bin immer noch ich und niemand, den man bemitleiden muss. Ich bin meinen Weg gegangen. Ich hatte sogar richtiges Glück. Ich habe ein tolles Stipendium bekommen und konnte Jura studieren. Irgendwann werde ich auch in diesem Beruf arbeiten können und dann sorge ich dafür, dass solche Schweine hinter Gittern landen.«

Ich ziehe Emma wieder in meine Arme und sie legt ihren Kopf auf meine Brust.

»Das weiß ich, Emma. Du bist eine unglaublich starke Frau und im Gegenteil, ich bewundere dich.«

Irgendwann schlafen wir beide eng aneinander gekuschelt ein.

»Guten Morgen«, flüstert Emma und streichelt über meinen nackten Rücken.

»Guten Morgen.« Ich strecke mich genüsslich und richte mich langsam auf der Couch auf.

»Was hältst du davon, wenn wir den Tag heute noch gemeinsam hier genießen und danach zurück nach New York fliegen, damit ich Savannah alles erzählen kann. Ich werde die Verlobung mit ihr offiziell auflösen.«

»Und was ist mit deiner Wahl? Das bringt dir bestimmt keine gute Presse, Luke.«

Ich zucke nur mit meinen Schultern und küsse Emma auf ihre Stirn. Ich bin mir so sicher, dass ich das Amt gar nicht mehr antreten will. Viel lieber würde ich mehr Zeit hier verbringen, die Wochenenden im Strandhaus genießen oder eine lange Auszeit im Sommer. Schlussendlich ist es das, was mich glücklich macht, und nicht, im Büro zu sitzen und die Stadt zu regieren. Meine Großmutter hat recht, ich bin es wert, glücklich zu sein.

»Ich weiß gar nicht, ob ich wirklich noch kandidieren will. Ich habe mit meiner Firma schon genug zu tun, und wenn ich wirklich in mich gehe, dann ist dieses Amt nicht das, was mich erfüllen wird. Ich habe mich aufstellen lassen, weil ich meiner Familie gerecht werden wollte und weil ich eine befriedigende Beschäftigung gesucht habe. Ich denke aber nicht, dass es meine Erfüllung sein wird.«

»Bist du sicher?«, fragt Emma nachdenklich. »Ich will nicht, dass du meinetwegen auf etwas verzichtest.«

Ich schüttle meinen Kopf und küsse Emma zärtlich auf ihre Lippen.

»Ich bin mir ganz sicher. Also, was hältst du davon?«

»Das hört sich gut an«, sagt Emma und nickt zu meiner Erleichterung bestätigend. Sie untermauert ihre Geste, indem sie einen sanften Kuss auf meine Lippen setzt.

»Haben wir etwas zum Frühstücken hier?« Ich öffne den Kühlschrank und blicke in gähnende Leere.

»Sieht schlecht aus«, meint Emma, halb angezogen, und lehnt sich neben mich an die Küchenanrichte.

Sie ist der schönste Anblick in meiner Küche. Ihre langen blonden Haare hat sie zu einem Pferdeschwanz gebunden und trägt lediglich Hotpants und ein eng anliegendes T-Shirt. Was das wirklich Erfrischende an Emma ist, ist ihr warmherziges Lächeln und ihre weichen Gesichtszüge.

»Ich könnte uns etwas besorgen und schnell zur Mall fahren«, schlage ich vor.

Emma lächelt verführerisch und zuckt mit ihren Schultern. »Oder wir lassen das Frühstück einfach aus?«

Diese Einladung kann ich natürlich nicht abschlagen und nur Sekunden später befinden wir uns zusammen nackt unter der großen Regendusche.

Dass es nicht allein beim Duschen bleiben wird, war mir von Anfang an klar. Dafür will ich diese Frau viel zu sehr und seit wir uns gestern so unglaublich nahe waren, kann ich kaum genug davon bekommen.

Ich hebe Emma auf meine Hüften und sie schlingt ihre Arme um mich, damit sie noch besseren Halt findet. Ich dringe mit meinem Schwanz erneut in das Paradies ein. Es fühlt sich auf die beste Weise befriedigend an, und ich stöhne laut auf, während ich tief in ihr versinke.

Emma stöhnt meinen Namen in unseren Kuss hinein. Ich spiele mit ihrer Lust und komme meinem eigenen Höhepunkt immer näher. Unsere Zungen befinden sich in einem heißen Tanz. Emma stöhnt lauter auf, und ich spüre, wie sie um meinen Schwanz herum kommt. Noch während ihr Körper von ihrem ersten Orgasmus bebt, dringe ich immer wieder in sie ein und Emma krallt sich heftig an meinem Rücken fest. Minuten später spüre ich erneut das feine Zucken um meinen Schwanz herum und ich selbst bin meinem Höhepunkt so nahe, dass ich es nicht mehr zurückhalten kann und Befriedigung finde.

Nach einer weiteren Nummer im Schlafzimmer liege ich zusammen neben Emma am Strand und lasse die Sonne auf meinen Körper scheinen. Es ist angenehm warm und wir haben den Strandabschnitt nur für uns. Das einzige Geräusch, das zu hören ist, sind die sanften Wellen, die das Ufer erreichen. Mein Handy habe ich bewusst im Haus gelassen, denn neben Savannah versucht nun auch meine Mutter, mich zu kontaktieren. Ich habe beiden kurz per Nachricht geantwortet und ihnen mitgeteilt, dass ich mich später melden werde und ich im Moment keine Zeit habe. Meine Eltern denken, auch ich wäre verfrüht abgereist, weil ich einen Geschäftstermin wahrnehmen muss.

Spätestens morgen werde ich sie über die Absage der Hochzeit informieren.

Emma setzt sich neben mir auf und ein Grinsen umspielt ihre Lippen.

»Wer zuerst im Wasser ist«, wetteifert sie und läuft Richtung Ozean.

Ich stehe auf und mache es ihr gleich. Mit schnellen Schritten habe ich sie vor dem Wasser eingeholt und schnappe sie. Sie ist ein Stück kleiner als ich und durch ihre zierliche Gestalt schaffe ich es mit Leichtigkeit sie zu tragen. Zusammen mit Emma in meinen Armen lasse ich mich ins Wasser sinken. Emma ist so erfrischend und so echt. Seit langem fühle ich mich richtig lebendig und angekommen.

Emma sieht mir hier im Wasser tief in meine Augen und lächelt sanft. Ihre dunklen Augen strahlen und funkeln heller im Licht der reflektierenden Sonne.

»Danke, Luke. Danke für alles«. Erneut treffen sich unsere Lippen zu einem weiteren Kuss.

Wenn ich daran denke, jetzt in den Flieger zu steigen und zurück nach New York zu fliegen, stellen sich alle meine Härchen auf. Alles in mir sträubt sich dagegen. Doch es nutzt nichts, Emma und ich gehen zusammen die Stufen des Privatjets hoch und steigen in den Flieger ein.

Mit Emma war es so schön im Strandhaus und am liebsten würde ich den Aufenthalt verlängern. Doch es sollen nur ein paar Tage in New York sein, um alles zu regeln, schon am Freitag wollen Emma und ich zurückkehren und hier ein ganzes Wochenende nur für uns genießen.

Dennoch ist es wichtig und notwendig zurückzufliegen. In New York wartet meine Arbeit auf mich. Ich muss meine Kandidatur für die Bürgermeisterwahl zurückziehen. Doch vor allem muss ich mit Savannah reden und ihr alles erklären. Das hat sie verdient. Ich bin kein Mann der zweigleisig fährt. Im Gegenteil – doch ich hätte es nie für möglich gehalten, für eine Frau je solche Gefühle zu entwickeln wie für Emma. Auf das war ich nicht vorbereitet.

Ich werde Savannah heute Abend alles erzählen und die Verlobung auflösen. Savannah kann die Wohnung behalten, das schulde ich ihr, und ich nehme mir vorübergehend ein Hotelzimmer, bis ich eine neue Wohnung gefunden habe.

Kurz bevor der Flieger in New York landet, streichle ich noch einmal zärtlich über Emmas Handrücken.

»Morgen werden wir das Ganze hinter uns haben und dann bist du offiziell meine Freundin«, sage ich lächelnd.

Emma nickt und lächelt amüsiert.

»Deine Freundin, das hört sich schön an. Ich glaube, daran kann ich mich gewöhnen!«

ZWEIUNDZWANZIG

EMMA

Zuhause in unserer WG erzähle ich Summer und Sophia die spannende Wendung meines Wochenendes. Von Adrian, der ein richtiger Idiot ist, bis zu Luke, dem wohl mein Herz komplett verfallen ist. Die beiden können kaum glauben, dass ausgerechnet mir so etwas passiert ist.

»Ich wusste es, ich wusste es. Irgendwann verliebst du dich auch«, trällert Sophia begeistert und umarmt mich stürmisch.

»Ach Emma, ich freue mich so für dich. Es ist so schön, dass du Gefühle endlich zulässt!«, meint Summer und streichelt über meine Schulter.

»Danke ihr beiden, ja, es tut gut, endlich einmal loszulassen und Luke scheint wirklich ein toller Mann zu sein.«

Ich hole drei Sektgläser aus dem Schrank und öffne eine Flasche.

»Ich denke, es ist wieder einmal Zeit, dass wir anstoßen.«

Wir erheben unsere Gläser und prosten uns zu.

Auch Sophia hat Neuigkeiten für uns. Sie hat an ihrer Universität jemanden kennengelernt und schwärmt seitdem nur noch für ihn. Sie möchte ihn uns unbedingt vorstellen.

Plötzlich, während Sophia weiter von ihrem Mr Unbekannt erzählt, läutet mein Handy.

Ich freue mich schon, dass es Luke sein könnte, der mich anruft. Ein Blick auf mein Display enttäuscht mich aber für einen kurzen Augenblick. Mein Herz schlägt schneller und mein Puls beginnt zu rasen. Erneut ruft mich eine unterdrückte Nummer an. *Lass es nicht Adrian sein*, bete ich und hebe mit zittrigen Fingern ab.

Ich gehe ein paar Schritte Richtung Wohnzimmer und lasse meine Schwestern weiter plaudern.

»Hallo?«

Ich versuche, meine Stimme kräftiger wirken zu lassen. Damit ich nicht so unsicher klinge, wie ich mich gerade fühle.

»Emma, hier ist Mallory Benett. Ich denke, du erinnerst dich an mich.«

Natürlich tue ich das, wie sollte ich Lukes Mutter und ihr Verhalten je vergessen. Sofort tauchen die Bilder wieder in meinem Kopf auf.

»Wie kann ich Ihnen helfen?«, möchte ich von ihr wissen.

»Gut, dass du gleich fragst, das kannst du nämlich in der Tat.«

Nervös spiele ich mit den Bändern meines Kleides herum und setze mich auf die Couch.

»Was kann ich denn für Sie tun?«

Mallory räuspert sich und spricht mit einer süßlichen hohen Stimme: »Du kannst vor allem Luke helfen und auch deiner Freundin Jill.«

Neugierig kaue ich auf meiner Unterlippe. »Was meinen Sie?«, frage ich Mallory irritiert.

»Ich werde dich nur einmal warnen«, sagt sie und macht eine kleine Pause. »Halte dich von Luke fern. Zerstör ihm nicht sein Glück. Sonst wirst du es bereuen. Ich kenne so viele wichtige Menschen in New York und ich verspreche dir, du und deine Freundin Jill, ihr werdet nicht mehr glücklich werden! Und um es gleich ganz deutlich zu sagen: Auch Luke wird nicht mehr glücklich werden, wenn du an seiner Seite bleibst. Ich werde ihn vernichten, genauso wie dich und deine billige Freundin!«

Für einen Moment bin ich sprachlos und schnappe nach Luft.

»Bitte was?«, stottere ich ins Telefon.

»Du hast mich schon richtig verstanden. Ich weiß von dir und Luke und ich verspreche dir, wenn du die kleine Affäre mit ihm nicht beendest, dann wird deine Freundin Jill keinen Auftrag mehr an Land ziehen.«

»Aber Luke und ich, das verstehen Sie nicht. Das ist keine Affäre«, protestiere ich, als ich wieder zu meiner Stimme gefunden habe. »Ich liebe Luke und Luke liebt mich!«

Amüsiert lacht Mallory auf. »Luke ist gerade etwas

langweilig, du bist eine willkommene Abwechslung für ihn. Zerstör ihm nicht sein Leben. Er hat ewig darauf hingearbeitet. Solltest du ihm je von unserem Gespräch erzählen oder denken, ich meine es nicht ernst, dann kannst du mir eines glauben«, sagt sie mit einer gefährlich klingenden Stimme, »mich darfst du nicht unterschätzen!«

»Ich …«, will ich sagen, doch meine Stimme ist gebrochen und ich schluchze schwer. *Verdammt, was soll ich nur machen?*

»Schätzchen, sei klug. Luke verliert sonst alles. Du hast keine Ahnung, zu was ich fähig bin. Beende die Sache mit Luke. Heute noch!«

»Aber, Sie würden ihrem eigenen Sohn und auch Jill doch niemals einfach so schaden …«

»Du hast keine Ahnung, was ich tun würde, um den Ruf meiner Familie zu schützen, für uns geht es um nicht weniger als die Präsidentschaft«, sagt sie und legt danach einfach auf.

Schluchzend gehe ich zurück in die Küche und kann meine Tränen nicht mehr stoppen.

»Emma, was ist passiert?«, wollen meine Schwestern besorgt wissen und kommen auf mich zu.

Summer nimmt mich sofort in ihre Arme und streichelt mir beruhigend über meinen Rücken. Es ist einfach zu viel und ich kann nicht mehr stark sein. Immer mehr Tränen laufen über meine Wangen. Ich spüre ihren salzigen Geschmack an meinen

Lippen und wische mir mit meinem Handrücken hastig ein paar Tränen aus meinem Gesicht. Mein Herz fühlt sich an, als würde es in diesem Moment zerbrechen. Gerade als ich geglaubt habe, dass es das Glück und die Liebe wirklich gibt, zerplatzt mein Traum.

»Emma, wir sind für dich da, egal was passiert ist«, flüstert Summer in mein Ohr und streichelt beruhigend über meinen Rücken.

»Ach Emma«, sagt Sophia mit belegter Stimme und legt ebenfalls ihren Arm um mich.

Es tut so gut meine beiden Schwestern hier bei mir zu haben, doch meinen Schmerz können sie dennoch nicht lindern. Mein Herz schreit verzweifelt nach ihm. Nach Luke.

»Willst du uns sagen, was passiert ist?«, fragt Summer ein weiteres Mal, als ich mich von meinen beiden Schwestern gelöst habe.

Sophia tupft mit einem Taschentuch meine Tränen aus meinem Gesicht und streichelt zärtlich über meine Wange.

»Du weißt, wir sind ein Team, wir halten zusammen und du kannst uns alles anvertrauen«, ermutigt mich auch Sophia.

»Ihr könnt mir dennoch nicht helfen. Niemand kann das«, sage ich und schniefe in das Taschentuch hinein. Niemals hätte ich gedacht, dass mein Herz wegen eines Mannes in Tausende Splitter brechen kann.

»Dann erzähl es uns wenigstens«, Summer zieht

mich an meiner Hand Richtung Sophia und gemeinsam setzen wir uns.

»Wisst ihr, gerade dachte ich wirklich, es sei alles gut«, sage ich schluchzend und wische meine Tränen erneut trocken.

»Hat es etwas mit Luke zu tun?«, möchte Summer treffsicher wissen, sie kennt mich eben doch am besten.

Stumm nicke ich und schlucke schwer. »Seine Mutter, Mallory Benett, hat mich gerade angerufen ...«, sage ich und merke wie meine Stimme bricht.

»Ist ihm etwas passiert?«, fragt Sophia schockiert und reißt ihre Augen weit auf.

Kopfschüttelnd verneine ich ihre Frage und räuspere mich. »Nein, es geht ihm gut. Gott sei Dank. Aber Mrs Benett hat mir gedroht, dass Jill alles verlieren wird, wenn ich die Sache mit ihm nicht sofort beende. Und, und Luke wird sie auch fertig machen ...«

»Sie hat was?«, rufen Summer und Sophia erschüttert im Chor.

»Das kann sie doch nicht machen«, protestiert Summer und schüttelt ihren Kopf.

»Diese Frau hasst mich. Seit sie mich das erste Mal gesehen hat, bin ich ihr ein Dorn im Auge. Sie möchte mit allen Mitteln erreichen, dass Luke diese Savannah heiratet.«

»Luke liebt dich, er wird diese Schlange niemals heiraten«, wendet Sophia ein.

»Ich kann aber nicht zulassen, dass Luke wegen mir alles verliert. Seiner Mutter traue ich alles zu ...«

Wieder bahnen sich Tränen ihren Weg und ich

kann sie nicht mehr aufhalten. Ich fühle mich so hilflos. Ich kenne Mrs Benett und ich weiß, sie wird ihre Drohungen wahrmachen. Ich möchte Lukes Leben nicht zerstören.

»Emma, lass dir das nicht gefallen, du musst mit Luke sprechen und ihm von der Drohung seiner Mutter erzählen«, meint Summer und auch Sophia stimmt ihr zu. Plötzlich schleichen sich immer mehr Zweifel in mein ohnehin schon aufgewühltes Herz. Was, wenn unsere Liebe scheitern wird und Luke für mich sein ganzes Leben umsonst aufgegeben hat? Nein, das kann ich nicht verantworten.

»Nein, nein, das kann ich nicht«, sage ich kopfschüttelnd. Ich kann es Luke nicht erzählen. »Vielleicht hat seine Mutter ja doch recht und ich schade Luke mit meiner Nähe. Er sollte für mich nicht sein ganzes Leben umkrempeln. Vielleicht war das alles ein Fehler.«

»Emma, bitte glaub seiner Mutter nicht. Vertrau auf dein Gefühl und sprich mit Luke über alles!«

Nachdem ich Summer nach Hause geschickt und Sophia gebeten habe, mich allein zu lassen, überwinde ich mich zu dem Anruf, der mir selbst das Herz bricht.

Mit zittrigen Fingern tippe ich auf dem Smartphone auf Lukes Nummer. Ich höre, wie es in der Leitung läutet, und dann spüre ich einen Stich in meinem Herzen, als ich Lukes Stimme wahrnehme.

»Hallo, Emma«, erklingt Lukes freudige Stimme, die den Kloß in meiner Kehle nur noch größer werden lässt. »Savannah sollte gleich hier sein, dann ich kann ich ihr alles erzählen. Ich freue ich mich schon, dich später zu sehen.«

»Luke, ich, ich muss mit dir sprechen«, sage ich zaghaft und versuche meine Stimme kräftig wirken zu lassen. Er soll meinen Schmerz nicht spüren, je kälter und distanzierter ich ihm alles erzähle, desto leichter wird es hoffentlich für ihn.

»Emma, was ist los? Ist alles in Ordnung? Du klingst so anders.«

»Nein«, schluchze ich und versuche mich sofort wieder zu fangen.

»Emma, ich komme jetzt zu dir! Ich mache mir Sorgen, geht es dir gut?«, fragt Luke besorgt. Ich kämpfe mit den Tränen und schnaufe angespannt ein und presse die Luft wieder aus mir heraus.

»Nein, Luke, komm nicht! Das mit uns hat keine Zukunft, ich will es nicht. Bleib bei Savannah und zieh dein Ding durch. Heirate Savannah und werde der nächste Bürgermeister dieser Stadt, das ist es, was du willst. Unsere gemeinsame Zeit war einfach ein nettes Abenteuer. Ich, es tut mir leid, aber ich will keine Beziehung. Ich liebe dich nicht«, sage ich und dann bricht meine Stimme. Schluchzend halte ich mir die Hand vor meinen Mund und lasse mich verzweifelt auf das Sofa sinken. Ich will nur ihn und ich will ihn so sehr, dass es schmerzt. Die Drohungen seiner Mutter waren jedoch so eindeutig, es gibt keinen anderen Ausweg.

Luke soll der nächste Bürgermeister werden und Savannah heiraten, genau so, wie es seine Mutter verlangt.

»Emma, was ist los? Warum solltest du das sagen? Wir beide, wir gehören doch zusammen!«, protestiert Luke verzweifelt.

»Luke, es tut mir leid, aber ich kann das nicht und ich will dich nicht mehr sehen!«

Damit lege ich auf und kann das Meer aus Tränen nicht mehr stoppen. Ich krümme mich auf dem Sofa zusammen und lasse den Schmerz aus mir heraus. Ich lasse all die Tränen laufen, die ich sowieso nicht aufhalten könnte und erlaube mir diesen einen schwachen Abend. Morgen werde ich von vorne starten und wieder tough sein, das nehme ich mir vor. In meinem Leben hat es so viele Enttäuschungen gegeben und ich bin immer wieder aufgestanden. Genauso werde ich es auch dieses Mal machen. Um mich abzulenken, schalte ich meinen Fernseher ein. Irgendein blödes Märchen läuft gerade im Fernsehen. Die Prinzessin wird von ihrem Prinzen auf dem weißen Schimmel gerettet.

»So ein Blödsinn«, seufze ich und schalte den Fernseher wieder aus. Märchen gibt es nur in Büchern oder in Filmen, stelle ich einmal mehr fest und schniefe in mein Taschentuch hinein.

Erneut läutet mein Handy, Lukes Name erscheint auf dem Display, doch ich drücke ihn weg. Es tut mir so leid, dass ich ihn so verletzen muss. Er wird mich dafür sein Leben lang hassen, da bin ich mir sicher.

Plötzlich höre ich ein lautes Klopfen gegen die Wohnungstür, das mich erschrocken auffahren lässt. Immer wieder und wieder pocht es laut gegen die Wohnungstür.

»Emma, Emma lass mich rein!«, ruft Luke von draußen herein.

Hastig wische ich die Tränen aus meinem Gesicht und fahre mir eilig durch meine Haare.

»Emma, bitte öffne mir die Tür. Lass uns über alles sprechen. Du kannst mich doch nicht einfach so aus deinem Leben radieren!«

Alles in mir zieht sich qualvoll zusammen. Schwer atmend lehne ich mich gegen die Eingangstür. Ich lege meine Hand darauf und wünschte, ich könnte Luke nahe sein. Nur wenige Zentimeter trennen uns und doch sind es Welten.

»Luke, bitte«, flehe ich und wische mir eine weitere Träne aus meinem Gesicht.

»Emma, mach die Tür auf. Was ist los?«, will Luke erneut wissen.

»Es hat keinen Sinn, bitte, Luke. Ich kann dich nicht mehr in mein Leben lassen. Dein Platz ist an der Seite von Savannah und das ist mir heute klar geworden. Mach es uns nicht noch schwerer!«

»Nein, Emma, ich werde dich nicht einfach so gehen lassen«, erneut klingt Lukes Stimme flehend.

»Luke, du hast keine andere Wahl!«

DREIUNDZWANZIG

LUKE

Frustriert steige ich in meinen SUV und lasse den Motor aufheulen. Das kann es jetzt doch nicht einfach so gewesen sein. Emma gehört zu mir, ich spürte diese Verbundenheit zwischen uns. Ich möchte wissen, was passiert ist und Emma dazu gebracht hat, sich so zu verhalten. Genervt fahre ich nach Hause. Dort angekommen, kommt mir Savannah aufgebracht entgegen.

»Wo warst du? Ich dachte wir wollten miteinander sprechen?« Savannah sprudelt über vor Wut, aufgebracht stemmt sie ihre Arme in ihre Hüften.

»Savannah, es tut mir leid, ich muss das Ganze zwischen uns beenden, das hat keine Zukunft. Es tut mir leid, ich weiß, was für dich auf dem Spiel steht, aber ich kann so nicht weitermachen. Ich werde ein paar Sachen zusammenpacken und vorerst irgendwo anders unterkommen«, sage ich und schiebe mich an ihr vorbei. Ich gehe in Richtung meines Schlafzimmers, um ein paar Sachen zu packen.

Ich muss weg hier, weg aus dieser Wohnung, weg von Savannah, ich brauche Abstand, um wieder klar denken zu können. Savannah folgt mir wütend und stöckelt mit schnellen Schritten hinter mir her. Bevor ich mein Schlafzimmer betreten kann, hält sie mich an meiner Hand fest. Ich drehe mich zu ihr um und reiße meine Hand aus ihrer Umklammerung.

»Luke, du erklärst mir jetzt verdammt noch mal, was hier los ist!« Ihre Augen funkeln vor Wut, ihre Stimme bebt.

»Ich werde es dir erklären, aber nicht jetzt. Es tut mir leid, aber ich kann so nicht weitermachen.« Wieder lasse ich sie stehen und gehe in mein Schlafzimmer. Ich öffne meinen Kleiderschrank, um die wichtigsten Sachen zu packen.

Savannah stellt sich zwischen meine Tasche und meinen Kleiderschrank und verschränkt wütend die Arme vor ihrer Brust. Die kleine Ader an ihrer Stirn kommt zum Vorschein. Die taucht nur dann auf, wenn sie kurz davor ist, richtig auszuflippen. Das habe ich bisher nicht oft erlebt, aber wenn doch, war es kein schöner Anblick.

»Ich lass mich von dir nicht zum Gespött von ganz New York machen! Du kannst mich nicht einfach so verlassen und hier ausziehen! Die Presse wird das mitbekommen und sich lustig machen über mich! Was denkst du, wer du bist?«

»Es tut mir wirklich leid, aber so werden wir beide nicht glücklich, weder du, noch ich. Ich weiß, es war ein Arrangement, aber ich kann da nicht mehr mitspielen.«

»Du verdammter Arsch!«, zischt sie und verpasst mir eine Ohrfeige.

Die hat gesessen – ich reibe mir über meine Wange. Natürlich ist es nicht ganz fair, dass ich erst heute unsere Verlobung auflöse, aber besser jetzt als nie. Außerdem war Savannah alles andere als meine Traumfrau und sie selbst hat sich auch zu Genüge mit ihrem Fitnesstrainer amüsiert. Ihr geht es hier nicht um ein gebrochenes Herz, sondern um ihr Image.

»Savannah, bitte beruhige dich«, ermahne ich sie und gehe einen Schritt von ihr zurück.

»Was ist mit meinem Ansehen, meiner gesellschaftlichen Stellung?«, wirft sie mir wütend vor.

Kopfschüttelnd schiebe ich sie erneut zur Seite und lege noch ein paar Poloshirts in meine Tasche zu meinen anderen Sachen. Am besten ich übernachte ein paar Tage bei Maddox. Das verursacht weniger Wirbel, als wenn ich ein Hotelzimmer für mich buchen würde. Savannah hat schon recht, die Verlobung aufzulösen ist meine Entscheidung, da brauche ich ihren Namen nicht noch zusätzlich in den Dreck zu ziehen. Die Geier von der Presse haben überall ihre Augen und Ohren, gerade jetzt vor der Wahl sind Fehltritte besonders interessant.

»Savannah, die Presse wird vorerst nichts mitbekommen, das verspreche ich dir. Aber in naher Zukunft müssen wir auch nach außen hin reinen Tisch machen und den Medien von unserer Trennung berichten«, damit schließe ich meine Tasche und hänge sie mir um meine Schultern.

Savannah schüttelt frustriert ihren Kopf und atmet genervt aus.

»Luke, ich rate dir, bring keine Schwierigkeiten in unser Leben. Weißt du was, nimm dir die paar Tage, um wieder zu Verstand zu kommen, aber wenn du zurück bist, dann will ich, dass du wieder der alte Luke bist. Du weißt, eine Trennung kommt auch für deine Eltern nicht in Frage« Genervt setzt sie sich aufs Bett und überkreuzt ihre Beine.

»Das werden wir sehen«, sage ich nur abweisend und gehe zur Wohnungstür.

»Hat es etwas mit Emma zu tun, mit dieser billigen Schlampe?«

Kurz verharre ich in meiner Bewegung, ehe ich die Tür hinter mir zuziehe.

Ich beschließe, meinen besten Freund Maddox aufzusuchen und ihn um eine Bleibe für die nächsten Tage zu bitten. Es ist nicht das erste Mal, dass ich auf seiner Couch nächtige und ich bin mir sicher, er nimmt mich auf. Spätabends läute ich an der Tür und werde von Maddox sofort hereingelassen.

»Du siehst aus, als könntest du einen Drink vertragen«, meint Maddox, als er die Tür öffnet und meine Tasche sieht.

»Das wäre eine gute Idee, vielleicht vertrage ich sogar zwei Drinks.«

Maddox lässt mich ein und ich stelle meine Tasche im Vorraum ab.

»Okay, die Lage ist also ernst. Was ist los?«, möchte er wissen und deutet auf meine Tasche.

Schulterzuckend atme ich genervt aus.

»Ich weiß gar nicht, wo ich anfangen soll«, sage ich und nehme Maddox ein Bier ab, das er mir aus dem Kühlschrank reicht.

Ich öffne es und trinke einen kräftigen Schluck.

»Du weißt ja, Emma ist unsere Wedding Plannerin und wir waren zusammen in New Beach. Dort ist sie mir wieder sehr nahegekommen. So nahe, dass ich Savannah heute alles erzählen wollte. Ich wollte sie verlassen und mit Emma ein neues Leben beginnen.«

Maddox folgt staunend meinen Erzählungen und nippt an seinem Bier.

»Das wird aber auch mal Zeit, du sollst endlich dein Leben leben und dich nicht nach den Wünschen deiner Familie richten. Was ist dann passiert und warum bist du jetzt hier bei mir und nicht bei Emma?«

»Kurz bevor ich Savannah reinen Wein einschenken wollte, hatte Emma einen kompletten Sinneswandel. Sie will keinen Kontakt mehr und möchte mich nicht wiedersehen.«

Maddox runzelt seine Stirn und schüttelt seinen Kopf. »Das klingt so gar nicht nach dem, was ich bereits von euch beiden weiß. So hätte ich sie nicht eingeschätzt.«

Ich trinke den letzten Schluck Bier und stelle die leere Flasche auf den Tisch. Maddox reicht mir stumm eine weitere Flasche aus dem Kühlschrank. Nickend nehme ich sie entgegen und öffne sie.

»Ich weiß auch nicht, was mit ihr los ist. Irgendetwas muss passiert sein. Morgen werde ich noch einmal versuchen, Emma zu erreichen und mit ihr zu reden. Ich gebe sie nicht einfach so auf, ganz bestimmt nicht.«

Maddox stimmt mir zu und nickt.

»Du kannst so lange hierbleiben, wie du möchtest. Du weißt, meine Wohnung steht dir immer offen.«

»Danke Kumpel, ich brauche einfach gerade etwas Abstand, um die Dinge in Ordnung zu bringen und herauszufinden, was Emmas Sinneswandel zu bedeuten hat.«

Maddox nickt und stellt sein Bier auf dem Tisch ab.

Am nächsten Morgen fällt es mir schwer, mich auf meine Arbeit zu konzentrieren. Alle meine Anrufe blieben unbeantwortet. Emma geht mir komplett aus dem Weg.

»Mr Benett, kann ich den Vertrag vorbereiten?«, möchte mein Assistent John wissen.

»Ja, lass ihn vorbereiten und bring ihn mir später zum Unterzeichnen in mein Büro. Ich möchte heute nicht gestört werden.«

»Mr Benett, da gibt es nur ein Problem«, meint mein Assistent, als sich meine Mutter bereits an ihm vorbei in mein Büro drängt.

Überrascht blicke ich zu meiner Mutter und gebe meinem Assistenten ein Zeichen, dass er uns allein lassen soll.

Mit ihren Stöckelschuhen stolziert meine Mutter langsam näher an meinen Schreibtisch und setzt sich stumm auf einen der beiden Sessel.

»Wie kann ich dir helfen? Der Zufall führt dich bestimmt nicht in mein Büro?«

»Da gebe ich dir recht«, meint sie und verschränkt ihre Arme vor ihrer Brust.

Genervt von ihrem Auftauchen hier, widme ich mich unbekümmert meinen Dokumenten und strafe sie mit Nichtachtung.

»Luke, was ist hier los? Savannah hat mir ganz verzweifelt mitgeteilt, dass du ausgezogen bist und sie verlassen hast. Wie kannst du unsere Familie jetzt so kurz vor der Wahl nur so in den Dreck ziehen?«

Lautstark lasse ich die Dokumente auf den Schreibtisch fallen.

»Keine Sorge, ich bin in kein Hotel gezogen, die Presse hat nichts mitbekommen. Vorerst. Denn ich werde in Kürze eine Pressemitteilung aufsetzen, in der ich die Trennung bekannt geben werde.«

Das linke Augenlid meiner Mutter beginnt zu zucken, das passiert immer dann, wenn sie das Gefühl hat, die Kontrolle zu verlieren. Es ist lange her, dass ich sie zuletzt dazu gebracht habe.

»Du wirst mir wohl zugestehen, dass ich erwachsen bin und meine Entscheidungen selbst treffe. Ob ich Savannah heirate oder nicht, geht weder dich noch Dad etwas an!«

Schockiert hält sich meine Mutter ihre Hand vor ihren Mund und steht sichtlich empört aus dem Sessel auf. Wütend stöckelt sie zur Tür und bleibt noch einmal stehen.

»Luke, ich rate dir, bleib bei Sinnen. Was auch immer dich leitet, ist es nicht wert, all die Werte unserer Familie in den Dreck zu ziehen. Denk an Savannah und an das Leben, das du mit ihr an deiner Seite führen kannst.«

»Mum, ich bin mir mit meiner Entscheidung sehr sicher und ich bitte dich das zu respektieren. Wenn es dir wichtig ist, dann warte ich mit meiner Offenbarung an die Presse noch etwas, aber es wird kein Weg daran vorbeiführen.«

»Luke ...«, setzt sie fast flehend an, doch ich schüttle nur meinen Kopf. Darüber werde ich nicht mehr diskutieren.

»Ich habe jetzt noch einen wichtigen Termin und muss arbeiten«, lasse ich sie wissen und widme mich wieder meinen Dokumenten vor mir.

»Wie kannst du mir das nur antun?« Theatralisch atmet sie aus und seufzt. »Besuchst du uns denn wenigstens am Wochenende in unserer Stadtwohnung? Wenn nicht uns zu liebe, dann für deine Schwester Ashley, sie kann am wenigsten für deinen Zustand.«

Genervt verdrehe ich meine Augen und lehne mich im Schreibtischsessel zurück. »Das ist kein Zustand, das ist mein Entschluss. Richte Ashley liebe Grüße aus und sag ihr, ich werde am Sonntag vorbeikommen.«

VIERUNDZWANZIG

LUKE

In der letzten Woche bin ich buchstäblich durch die Hölle gegangen. Egal, was ich versucht habe, Emma ging mir aus dem Weg. Sie reagierte nicht auf meine Nachrichten, nicht auf meine Anrufe und öffnete mir nicht die Tür, wenn ich davor stand. Ich habe es nicht nur einmal probiert, doch jeder Versuch blieb erfolglos.

Ihr Verhalten ergibt einfach keinen Sinn für mich. Bei unserer Ankunft in New York vor gerade einmal einer Woche war noch alles in Ordnung und nur Stunden später wollte sie mich nicht mehr sehen. Ich erinnere mich schmerzhaft an diesen Moment, als sie mir kurz und knapp mitteilte, dass für sie alles ein großer Fehler war. Sie meinte, sie wolle keine Beziehung und sie möchte nicht, dass ich Savannah von uns erzähle. Sie wünsche sich, dass ich Savannah heirate und weiter für das Amt des Bürgermeisters kandidiere.

Frustriert blicke ich in den Spiegel und spritze eine Ladung Wasser in mein Gesicht. Vielleicht hilft das ja, damit ich wieder klarer werde. Ich gehe zurück ins Schlafzimmer meiner Suite und suche meine Kleidung aus dem Schrank heraus. Nachdem ich die ersten beiden Nächte bei Maddox untergekommen bin, habe ich mir vorerst doch ein Hotelzimmer genommen als Überbrückung, bis ich etwas Neues gefunden habe. Meine Kandidatur habe ich gleich am nächsten Tag, nachdem Emma aus meinem Leben verschwunden war, niedergelegt. Als meine Eltern davon aus der Presse erfahren haben, waren sie alles andere als begeistert, aber sie müssen lernen, dass ich erwachsen bin und Entscheidungen für mich selbst treffe. Ich kann nicht auf ewig Rücksicht auf das Ansehen meiner Familie nehmen.

Ich schlüpfe in mein Poloshirt und fahre mir noch einmal abschließend durch meine Haare. Ich hoffe der Besuch bei meinen Eltern wird nicht allzu anstrengend, denn auf eine Standpauke meiner Mutter kann ich gut und gerne verzichten. Meine Schwester ist der einzige Grund meines Besuchs, für sie würde ich alles machen. Fertig angezogen schließe ich hinter mir die Zimmertür und fahre mit dem Lift Richtung Tiefgarage, in der mein Motorrad parkt.

Ich fahre durch die Stadt, vorbei an Wahlplakaten, die alle ihre Wichtigkeit in der letzten Woche verloren haben. Die ganze Wahl muss komplett neu aufgerollt werden. Denn nicht nur ich bin von meiner Kandidatur zurückgetreten, sondern auch Adrian. Aus sicherer Quelle weiß ich jedoch, dass dessen Rücktritt nicht ganz freiwillig vonstatten ging. In den Medien wurden Gerüchte laut, er würde sich an Frauen vergehen. Geschickt zugespieltes Beweismaterial zwang ihn zu einer Flucht ans andere Ende Amerikas. Laut den Medien hat er sich in San Diego niedergelassen und sich dort in Therapie begeben. Das ist auch gut so, der Typ war völlig durchgeknallt, und so stellt er keine Gefahr mehr für andere Frauen und ganz besonders für Emma dar.

Vor dem Wohnhaus, in dem meine Eltern eine große Stadtwohnung besitzen, parke ich mein Motorrad in eine Parklücke und fahre mit dem Aufzug in die oberste Etage. Gerade als die Türen des Lifts im Penthouse aufgehen, stolziert meine Mutter bereits auf mich zu.

»Luke, du bist pünktlich, das freut mich«, sind die ersten Worte, mit denen sie mich begrüßt.

»Es freut mich auch, dich zu sehen«, sage ich etwas zu ironisch und ernte dafür einen strafenden Blick meiner Mutter.

»Luke, du hast uns diese Woche nicht gerade glücklich gemacht. Zuerst die Sache mit Savannah und dann legst du auch noch die Kandidatur nieder. Was soll das?«

Genervt atme ich aus und gehe an ihr vorbei ins Wohnzimmer, um meine Schwester zu begrüßen.

»Du schuldest mir eine Antwort, mein Junge«, fordert sie mich auf und folgt mir.

Doch statt Ashley treffe ich im Wohnzimmer

plötzlich auf Savannah, die mit überkreuzten Beinen auf dem Sofa sitzt und mich mit einem Lächeln betrachtet.

»Luke, wie schön, dass du da bist«, sagt sie mit süßlicher Stimme und steht auf, um einen Schritt auf mich zuzugehen.

»Was ist hier los? Wo ist Ashley?«, möchte ich genervt wissen und drehe mich zu meiner Mutter um.

»Sie kommt gleich, sie ist schon unterwegs. Setz dich doch zuerst zu mir und Savannah, wir haben einiges zu besprechen.«

»Das ist nicht dein Ernst! Du hast mich hier unter einem Vorwand hergelockt? Ich sagte doch schon, dass ich meine Entscheidung nicht mehr rückgängig mache.«

»Luke, bitte«, mischt sich nun auch Savannah ein und deutet auf das Sofa vor uns.

»Ich warte hier nur auf Ashley, damit das klar ist«, sage ich und setze mich genervt. Ich ziehe mein Handy aus meiner Hosentasche und versuche, mich wenigstens gedanklich an einen anderen Ort zu beamen, und hoffe die aktuellen Börsenkurse helfen mir dabei.

»Du möchtest bestimmt einen Kaffee trinken, während du auf Ashley wartest, nicht wahr?«, bietet meine Mutter viel zu freundlich an, was ich nur mit einem Nicken bestätige. Savannah folgt meiner Mutter stumm in die Küche und ich stecke mein Handy wieder in meine Hosentasche. Ich bin mir sicher, die beiden stecken unter einer Decke. Savannah ist in den letzten Jahren genauso abgedreht geworden wie meine Mutter.

Als die beiden nach einigen Minuten immer noch nicht zurück sind und Ashley noch nicht aufgetaucht ist, lässt es mir keine Ruhe und ich gehe Richtung Küche, um die beiden dabei zu unterbrechen, was auch immer auszuhecken. Die Tür ist nur angelehnt und ich höre deutlich die Stimme meiner Mutter. »Vertrau mir, unser Plan wird noch aufgehen. Er ist hier, das ist ein gutes Zeichen. Du wirst sehen, ich habe meinen Sohn im Griff.«

»Das will ich auch hoffen, ich kann mein Ansehen in der Öffentlichkeit nicht verlieren. Nicht wegen dieser billigen Schlampe.«

»Emma ist kein Thema mehr, unsere Aktion war ein voller Erfolg. Ich bin mir sicher, dass sie sich nicht mehr bei ihm melden wird«, höre ich meine Mutter sagen.

»Du hast recht, unsere Drohungen waren wohl wirklich wirksam. Wir können eben sehr einschüchternd sein«, erwidert Savannah höhnisch.

Ihre Worte prasseln auf mich ein und ich habe das Gefühl, ich würde für einen Moment neben mir stehen. Würden die beiden wirklich so weit gehen? Stecken meine Mum und Savannah etwa unter einer Decke und haben Emma dazu gebracht, sich von mir zu trennen? Was, wenn ... Ohne mich von den beiden zu verabschieden, gehe ich Richtung Aufzug und fahre damit ins Erdgeschoss. Ich will nur noch weg von hier. Weg von all den verlogenen und manipulativen Menschen in meinem Leben. Der einzige Mensch zu dem ich will, ist Emma.

Vor Emmas Wohnhaus parke ich mein Motorrad und hänge den Helm auf die Lenkstange. Ich steige ab und marschiere Richtung Tür, um zu läuten und mir Zutritt zum großen Wohnkomplex zu verschaffen. Gerade als ich den Klingelknopf drücken möchte, öffnet sich die Tür und Emma kommt heraus.

»Luke, was machst du denn hier?« Emma blickt überrascht in mein Gesicht und weicht einen Schritt zurück.

»Du solltest doch nicht hier sein, sondern bei Savannah.«

Lächelnd verringere ich den Abstand zu Emma. Nervös blickt Emma zu Boden und dann wieder in meine Augen.

»Ich sollte genau hier sein, bei dir.«

Emma schüttelt den Kopf und zieht ihre Stirn in Falten.

»Warum, Luke? Du solltest doch mit Savannah zusammen sein und sie heiraten!«

»Nein, ich sollte jemand ganz anderen heiraten«, sanft nehme ich Emmas Hände in meine. Zuerst möchte sie noch zurückweichen, lässt es aber schließlich. »Emma, ich weiß, dass meine Mutter und auch

Savannah ihre Fingern im Spiel hatten. Bitte versprich mir, dass du dich nie wieder von ihnen lenken lässt, du brauchst keine Angst haben. Egal, was sie dir gedroht haben, ich verspreche dir, alles wird gut.«

Ohne ein weiteres Wort, schlingt Emma ihre Hände um meinen Nacken und drückt ihre Lippen auf meine.

FÜNFUNDZWANZIG

EMMA

Ich spüre Lukes Lippen auf meinen und kann gar nicht genug davon bekommen. Lukes Hände berühren meine Taille, als er mich zärtlich näher an sich herandrückt.

Tausende Schmetterlinge sind in meinem Bauch unterwegs und ich fühle mich so unbeschwert.

»Und was wollen wir jetzt machen?«, frage ich Luke, nach dem wohl besten Kuss meines Lebens.

»Was hältst du von einem ersten offiziellen Date?«

»Ein Date?«, wiederhole ich seine Worte und kann ein Grinsen nicht unterdrücken.

»Ja, ich würde dich gerne ausführen und kennenlernen.« Seine Augen funkeln vor Strahlen und Glück.

»Denkst du nicht, dass es für ein erstes Date etwas spät ist?« Belustigt zucke ich mit meinen Schultern.

»Ich denke, es ist nie zu spät, die Liebe seines Lebens auszuführen.«

Erneut finden Lukes Lippen meine und tauchen in einen weiteren atemberaubenden Kuss ein.

»Also, was hältst du von einem Date?«, fragt er neckend und geht in Richtung seines Motorrads.

»Gerne, wo geht es hin?«

Neugierig blicke ich ihm nach. Luke holt einen zweiten Motorradhelm und kommt damit zu mir zurück.

»Das ist eine Überraschung. Setz den Helm hier auf, ich zeige dir ein paar schöne Plätze und danach zeigst du mir vielleicht dein Bett. Außer ...«, sagt Luke grinsend und macht eine kleine Pause. »Du bist nicht so eine, die einen fremden Mann gleich beim ersten Date mit nach Hause nimmt?«

Lächelnd atme ich aus und schüttle meinen Kopf. »Ich denke, ich mache da einmal eine Ausnahme.«

Ich setze den Helm auf und steige hinter Luke auf das Motorrad. Fest umklammere ich ihn und gemeinsam fahren wir in das Abenteuer unseres Lebens.

In der Stadt ist viel los, doch mit dem Motorrad können wir uns problemlos durch den dichten Verkehr schummeln. Ich schließe meine Augen und spüre den Fahrtwind an meinem Körper. Ein Gefühl der absoluten Freiheit. Schließlich hält Luke das Motorrad an und ich nehme meinen Helm ab. Es ist lange her, dass ich hier war. Der Brooklyn Botanical Garden ist ein wunderschöner Ort. Alles blüht und präsentiert sich in den schönsten Farben. Dieser Ort ist eine kleine Oase inmitten der hektischen Stadt.

»Hast du Hunger?«, fragt Luke und deutet auf einen kleinen Stand, an dem Picknickkörbe samt Inhalt verkauft werden.

»Das ist eine tolle Idee und ja, ich habe tatsächlich Hunger.«

Zusammen schlendern wir zum Stand und kaufen einen Picknickkorb. Mit dem Inhalt des Korbes und einer gemieteten Decke suchen wir uns einen geeigneten Platz im Park zum Picknicken. Luke breitet die Decke aus und ich stelle den Korb in die Mitte. Beim Gedanken daran, dass das hier unser erstes Date ist, kann ich ein Schmunzeln nicht unterdrücken.

»Ich kann es immer noch nicht glauben. Es ist so schön, dass du hier bist. Ich dachte, ich hätte dich verloren. Ich war mir so sicher, dass du Savannah heiraten wirst«, sage ich und atme glücklich aus. »Kannst du mich bitte einmal kneifen? Ich glaube immer noch, dass ich träume«, sage ich mit einem Schmunzeln.

Luke schüttelt seinen Kopf und grinst. »Ich weiß da etwas Besseres, womit ich dir beweisen kann, dass du nicht träumst.«

Er beugt sich zu mir und küsst mich zärtlich. »Na, bist du dir jetzt sicher, dass es kein Traum ist?«

Glücklich nicke ich und spüre ein aufregendes Kribbeln in mir.

Abends kommen wir wieder zurück in meiner WG an. Wir haben Glück, alle sind ausgeflogen und wir haben die Wohnung für uns allein.

»Möchtest du noch mit in mein Schlafzimmer kommen?«, frage ich Luke lächelnd.

»Ah, so eine bist du, das hätte ich ja gar nicht gedacht«, erwidert Luke neckend und hebt mich hoch auf seine Hüften.

Wir küssen uns bereits stürmisch, noch bevor wir das Bett erreicht haben.

Wir reißen einander die Klamotten vom Leib und küssen uns dabei erneut voller Leidenschaft.

Luke arbeitet sich küssend meinen Körper entlang und setzt Hunderte Küsse auf meinen nackten Körper. Es fühlt sich wie ein Schauer an. Ich kann gar nicht genug von seiner Nähe und seinen Berührungen bekommen.

»Normalerweise mache ich so etwas ja nicht beim ersten Date«, sage ich keck und sehe in Lukes glühende Augen. »Aber ich denke, ich mache da heute eine Ausnahme.«

Damit begegnen sich unsere Lippen, während Luke stöhnend in mich eindringt. Als er komplett in mir versunken ist, macht er eine kurze Pause und streichelt über mein Gesicht.

»Ich liebe dich, Emma«, flüstert er und bedeckt dann erneut meine Lippen mit seinen.

Endlich sind wir beide frei und können unser Glück genießen.

Durch Luke begann ich, alles, was ich erlebt habe, zu hinterfragen. Ich schloss mit meiner Vergangenheit ab und verzieh meiner Mutter, damit ich den Schmerz aus meiner Vergangenheit loslassen konnte. Endlich zu fühlen, zu spüren und zu lieben – in allen Facetten. Egal, ob Schmerz, Trauer, Wut oder das pure Glück, die Liebe und das Herzklopfen, weil man Hunderte Schmetterlinge in seinem Bauch spürt. Ich begann wieder zu fühlen und ich bin auf dem besten Weg, die Frau zu werden, die ich immer sein wollte, und dazu habe ich den besten Mann an meiner Seite, den man sich nur vorstellen kann.

EPILOG

LUKE

Weitere 6 Monate später, 14. Februar

Die letzten sechs Monate mit Emma waren die glücklichsten meines Lebens. Zusammen leben wir nun in New York in einer tollen Wohnung und verbringen so viel Zeit wie möglich hier, im fertig renovierten Strandhaus. Mit meinen Eltern habe ich nur mehr sporadischen Kontakt. Der Verrat saß tief, doch ich hege keinen Groll mehr gegen sie. Ich habe ihnen meinen Standpunkt klar verdeutlicht und den Kontakt auf ein Minimum reduziert. Meine Mutter hat ihre Drohungen nicht wahr werden lassen und hat sich sogar bei Emma für ihr Verhalten entschuldigt. Dennoch bin ich ihr gegenüber sehr vorsichtig geworden. Meine Schwester und meinen Großvater sehen wir dafür regelmäßig und genießen die Zeit zusammen sehr. Emma liebt ihren Job als Anwältin und sie ist großartig in dem, was sie macht, und wenn ich ehrlich bin, finde ich ihre strenge Art vor Gericht richtig sexy. Ich meine, Emma ist sexy, in all ihren wundervollen Facetten, die sie zu dem Menschen machen, der sie ist.

Mit Emma fühlt es sich so leicht an. Es fühlt sich so an, als wäre sie meine beste Freundin und die Person, die ich liebe, zur selben Zeit. Es klingt vielleicht paradox, aber durch Emma fand ich zu mir. Ich fand durch sie zu meinen Wurzeln, zu dem, was mich wirklich glücklich macht. Ich bin mir sicher, es war Schicksal, dass wir uns begegnet sind. Gemeinsam konnten wir mit der Vergangenheit abschließen und glücklich werden.

Heute am Valentinstag, dem kitschigsten Tag des Jahres, möchte ich Emma überraschen und sie fragen, ob sie meine Frau werden möchte. Aus meiner Tasche ziehe ich den Verlobungsring, den ich Emma gerne an den Finger stecken möchte. Es ist der Ring, der einst meiner Großmutter gehörte, und ein Sinnbild für eine lange, glückliche Ehe. Ich kann mir keinen passenderen Ring für Emma vorstellen.

Die Eingangstüre geht auf und ich höre Emmas Schritte, die gerade mit unserem neuen Familienmitglied, Golden Retriever Sam, eine Runde am Strand spazieren war. Emma spricht lobend mit ihm, er sei ein braver Junge, weil er heute den Ball so toll gefangen habe. Ich muss schmunzeln. Emma ist tatsächlich mein größtes Glück.

»Luke, ich bin wieder zurück«, ruft Emma Richtung Wohnzimmer. Ihre Schritte kommen näher und mein Puls rast vor Aufregung in meiner Brust. Ich bin gespannt, wie Emma auf meinen Antrag reagieren wird. Ich bin mir zwar ziemlich sicher, dass sie *Ja* sagen wird, dennoch war ich die letzten Tage richtig aufgeregt.

»Ich bin im Wohnzimmer, ich warte hier auf dich.«

Alles ist bereit für den großen Moment, als Emma ins Wohnzimmer kommt. In einem dunkelblauen Anzug stehe ich vor ihr und Emma blickt mir unschlüssig in meine Augen.

»Du siehst toll aus, haben wir etwas geplant?«, möchte sie wissen, was ich nickend bejahe.

»Ich habe tatsächlich etwas geplant«, sage ich und gehe die paar Schritte auf Emma zu, um mich vor sie zu knien.

Zärtlich lege ich Emmas Hand in meine und hauche einen Kuss auf ihre Fingerknöchel.

»Emma, du bist das Beste, das mir je hätte passieren können. Du bist alles, was ich mir je für mein Leben gewünscht habe und noch so viel mehr! Du machst jeden Tag meines Lebens zum glücklichsten Tag. Du holst aus jedem Moment das Beste heraus und machst mich zu einem besseren Menschen. Ich kann mir nichts Schöneres vorstellen, als wenn du meine Frau werden würdest und mit mir den Rest meines Lebens verbringst. Emma, willst du meine Frau werden und mich heiraten?«

Emma blickt sprachlos in mein Gesicht und hält sich überrascht ihre Hand vor ihren Mund.

Ich ziehe den Verlobungsring aus meiner Tasche und spüre mein Herz bis an meine Kehle schlagen. Die nächsten Sekunden sind die längsten Sekunden meines Lebens.

»Ja, ja, Luke, ich möchte dich heiraten und deine Frau werden.« Emmas Augen füllen sich mit Tränen, als ich ihr den Ring meiner Großmutter an ihren Finger stecke. Der Ring passt wie angegossen, so als wäre es Schicksal, dass sich unsere Wege kreuzten.

Emma zieht mich an meinen Händen hoch und sieht mir strahlend in die Augen.

»Luke, ich liebe dich«, flüstert sie und legt ihre Hände um meinen Nacken.

»Ich liebe dich auch, Emma«, hauche ich und dann verschmelzen unsere Lippen zu einem einnehmenden Kuss. Ich hebe Emma auf meine Hüften und trage sie zu unserem Schlafzimmer. Zwischen heißen Küssen schaffen wir es, die Tür zu öffnen und bewegen uns küssend weiter zum großen Doppelbett. Plötzlich berührt mich Sam mit seiner Schnauze an meinem Bein und beginnt um uns herumzulaufen. Schmunzelnd löst sich Emma von meinen Lippen und schüttelt lachend ihren Kopf.

»Sam, du hast wirklich kein gutes Timing«, sagt sie und fährt Sam durch sein flauschiges Fell.

»Tut mir leid, Junge, aber hier musst du mal vor der Schlafzimmertür warten«, sage ich zu Sam und schließe vor ihm die Tür. Dieser Moment gehört nur meiner zukünftigen Frau und mir.

»Also, wo waren wir stehengeblieben?«, fragt Emma neckend und macht sich an das Öffnen meines Hemdes.

»Genau da.« Binnen weniger Sekunden fällt mein Hemd zu Boden und Emma öffnet meine Hose, um meinen Schwanz daraus zu befreien.

Zärtlich schiebe ich das Kleid von ihrem Körper. Lasse es langsam über ihre Taille zu Boden sinken und küsse jeden Zentimeter ihrer nackten Haut. Meine zukünftige Frau könnte schöner nicht sein. Emma drängt mich auf das Bett und krabbelt auf mich. Sie hat Power und ich liebe es, dass sie Sex genauso sehr genießt wie ich. Emma sinkt langsam auf meinen harten Schwanz und ich lasse sie die Führung übernehmen. Sie nimmt sich, was sie braucht, bewegt sich wie eine Göttin und steuert uns beide auf einem unglaublichen Orgasmus hin. Stöhnend bewegen wir uns im Strudel der Lust und geben uns diesem schwerelosen Zustand hin. Die Vereinigung mit Emma fühlt sich nach Vollkommenheit an. Gemeinsam finden wir in einem atemberaubenden Orgasmus Befriedigung.

Emma kuschelt sich an mich. Während ihr Kopf auf meiner Brust liegt, bewundert sie ihren Verlobungsring.

»Ich hätte nie gedacht, dass ich je so glücklich sein werde«, sagt sie und seufzt zufrieden.

»Das hätte ich auch nie für möglich gehalten«, sage ich und küsse sie liebevoll auf ihre Stirn.

»Eigentlich müssten wir dem Truckfahrer danken, ich meine, ohne ihn, wären wir uns vielleicht nie begegnet«, meint Emma schmunzelnd und kuschelt sich noch enger an mich.

Sanft streichle ich über Emmas Haar, hinab über ihren Rücken und küsse sie ein weiteres Mal liebevoll.

Wenn man Glück definieren müsste, dann wäre es dieser Moment. Hier mit Emma, in meinem Bett. Zusammen mit der Frau, die ich liebe und am Anfang einer Reise, die gerade erst beginnt.

Es ist mehr, als ich je erwartet hätte zu bekommen.
Emma ist mein persönlicher Jackpot.

NOCH EIN EPILOG

EMMA

Der feine Wind weht sanft und hüllt mich in eine frische Meeresbrise. Ich bin so glücklich, wie ich es nur sein könnte. Vorne am Altar wartet Luke auf mich. Er lächelt und ich bin mir sicher, ich erkenne Freudentränen in seinen wunderschönen dunkelblauen Augen. Die Sonne scheint warm vom Himmel und schenkt uns einen der schönsten Junitage dieses Jahres. Das sanfte Rauschen des Meeres harmoniert mit der wunderschönen Klaviermusik, die vom Pianokünstler gespielt wird. Ich gehe weiter Richtung Altar, der sich hier vor dieser traumhaften Kulisse am Meer befindet. Es war kein Zufall, dass wir uns für eine Hochzeit am Meer entschieden haben. Hier hielt Luke um meine Hand an, und es ist der Ort, der uns beide erst so richtig zusammenführte.

»Du siehst so schön aus, Emma, so eine schöne Braut«, flüstert mir Luis zu und streichelt über meine Hand. Ich mag Luis so gerne, er ist trotz seiner Demenz so etwas wie die männliche Vaterfigur geworden, die ich nie hatte. Ich habe genau das Hochzeitskleid gefunden, das ich schon als kleines Mädchen haben wollte. Es ist einfach gehalten und doch wunderschön. Mit der aufgesetzten Spitze hat es einen Hauch von Vintage. Ein Schleier fällt weit nach hinten aus und lässt das Kleid verträumt wirken. Ja, es hat einen Hauch von Prinzessin. Ich habe Bräute stets belächelt, doch heute weiß ich ganz genau, was sie gefühlt haben. Dank Luke weiß ich heute, dass Märchen wahr werden können, und wenn es mir möglich wäre, würde ich meinem kleinen Ich in der Vergangenheit sagen, dass es mutig sein darf und Gefühle etwas Großartiges sind.

Nur mehr wenige Schritte fehlen mir, bis ich Luke erreiche. Luis führt mich galant Richtung Altar und lächelt stolz. Ich könnte mir niemand Besseren vorstellen, der mich zum Altar führt. Mein Herz klopft wild in meiner Brust und in meinem Bauch flattern Hunderte Schmetterlinge umher. Tief in mir spüre ich das Glück, das ich nie für möglich hielt, und doch fand. Meine beiden Schwestern sind meine Brautjungfern. Beide waren mindestens genauso aufgeregt wie ich. Summer und Sophia tragen wunderschöne Kleider in Altrosa und lächeln begeistert. Summers Babybauch ist nicht mehr zu verstecken und ist wohl der schönste Beweis ihrer Liebe mit Alexander. Ich kann es kaum erwarten, selbst eine Familie mit Luke zu gründen.

Mein Herzschlag steigt noch einmal, als ich Luke

erreiche und er sich tatsächlich eine Träne aus den Augen wischt.

»Du bist wunderschön«, flüstert Luke und nimmt meine Hände sanft in seine.

»Danke«, flüstere ich schon fast verlegen vor lauter Kribbeln zu meinem künftigen Ehemann.

Wir drehen uns gemeinsam Richtung Pastor, der seine Worte an uns und unsere Familie und Freunde richtet.

»Sie dürfen nun ihre Gelübde vortragen. Luke, ich darf Sie zuerst bitten«, richtet sich der Pastor an Luke.

Luke dreht sich zu mir, blickt mir tief in die Augen und berührt meine Hände mit seinen.

»Ich dachte, ich wäre nicht so aufgeregt«, sagt er schmunzelnd. »Emma, vom ersten Moment an, als ich dich sah, war es um mich geschehen. Ich war Dein, vom ersten Augenblick an, und ich werde immer an deiner Seite sein. Durch dich fand ich zu mir und wurde so reichlich vom Leben beschenkt. Unsere Liebe ist stärker als alles andere. Ich habe es nie für möglich gehalten, jemals so zu lieben, bis ich dich an einer Kreuzung mitten in New York traf. Doch dabei bin ich mir sicher, dass all das kein Zufall, sondern Schicksal war. Ich nehme dich zu meiner Frau und werde immer für dich sorgen und dich lieben, alle Tage meines Lebens!«

Tausende Schmetterlinge tanzen in meinem Bauch und vor Rührung über Lukes Worte huscht eine Träne über meine Wange.

»Ich liebe dich so sehr«, flüstere ich, als mir Luke den Ring an meinen Finger steckt.

»Nun sind Sie an der Reihe, Emma«, sagt der Pastor zu mir.

»Luke, dank dir ist mein persönliches Märchen wahr geworden. Ein Märchen, von dem ich nicht einmal dachte, dass es existiert. Dank dir sind meine Schutzmauern gefallen, und du hast mir gezeigt, dass Liebe alles schaffen kann. Ich danke dir für deine Hartnäckigkeit und dafür, dass du dich nicht hast abwimmeln lassen. Ich danke dir dafür, dass du mein Ritter bist, und ich kann mir nichts Schöneres vorstellen, als meinen Lebensweg mit dir zu gehen. Ich nehme dich zu meinem Mann und verspreche dir, mein Leben mit dir zu verbringen.« Die letzten Worte bringe ich vor Rührung kaum mehr über meine Lippen, mein Herz bebt vor Glück.

Vor all unseren Freunden geben wir uns das Ja-Wort und können kaum die schönsten Worte des Pastors erwarten: »Sie dürfen die Braut jetzt küssen!«

Luke verkleinert den Abstand zu mir und berührt sanft mein Gesicht mit seinen Händen.

»Dann darf ich dich jetzt offiziell küssen, Mrs Emma Benett«, sagt er, als sich unsere Lippen für den besten Kuss meines Lebens treffen.

All unsere Gäste applaudieren, während im Hintergrund Musik gespielt wird. Ich nehme all das nur verzerrt wahr, weil ich ganz in dem Moment mit meinem Ehemann versinke. In diesen einen Kuss, der erst der Anfang einer wunderschönen Reise ist.

Die Hochzeitsfeier ist im vollen Gange, als das Eröffnungslied gespielt wird. Jill hat die Hochzeit wirklich traumhaft organisiert und nichts dem Zufall überlassen. Plötzlich wird es unter den Anwesenden ganz leise und alle Blicke wenden sich uns zu. Jetzt ist wohl Zeit für den ersten Tanz zwischen Luke und mir. Luke reicht mir seine Hand und führt mich auf die Tanzfläche. Alle Freunde und unsere Familie versammeln sich rund um die Tanzfläche. Die Scheinwerfer werden auf uns gerichtet und eine magische Aura umfängt uns. Selbst unser Sam scheint unseren Tanz vom Rand der Tanzfläche aus zu verfolgen und ich bin mir sicher, er ist mächtig stolz auf seine Herrchen.

»Bist du bereit, mit mir zu tanzen?«, fragt Luke mit einem Schmunzeln.

»Mit dir bin ich immer bereit. Egal, was die Zukunft bringen wird, ich weiß, dass du mich durch alles leiten wirst.«

Ich suchte nicht nach der Liebe und doch fand sie mich, dafür bin ich unendlich dankbar.

Ende

EMMA

1 Jahr später

Ich liege im Bett an meinen Ehemann gekuschelt, während von draußen die ersten Sonnenstrahlen in unser Haus strahlen. Durch das geöffnete Fenster ist das sanfte Rauschen des Meeres zu hören. Ich kuschle mich noch enger an Luke, lege meinen Kopf vorsichtig auf seine Brust und lausche dem Klang seines Herzens. Mit meiner Hand streichle ich über meinen wachsenden Babybauch und spüre sanfte Tritte unseres Babys. Ich liebe es, wenn unser Sohn morgens so aktiv ist und ich ihn so deutlich spüren kann. In sechs Wochen wird er das Licht der Welt erblicken und ich kann es kaum mehr abwarten, ihn kennenzulernen. Auf einen Namen haben wir uns auch schon geeinigt. Der kleine Mann soll Elijah heißen. Das war der Wunsch von Luis und ich könnte mir tatsächlich keinen schöneren Namen für unseren Sohn vorstellen. Doch noch mehr spannende Wendungen hatte mein Leben im letzten Jahr zu bieten. Vor etwa sechs Monaten fand Maddox heraus, wer mein Vater ist. Zuerst wollte ich den Umschlag, den mir Luke eines Tages mit nach Hause brachte, gar nicht öffnen. Ich hatte solche Angst davor und wollte meiner Vergangenheit nicht erneut ins Auge blicken. Durch Lukes Ermutigungen öffnete ich das Kuvert schließlich und wurde dadurch so großartig vom Leben beschenkt. Ich lernte meinen Vater kennen. Nur einen Monat nachdem ich herausgefunden hatte, wer er ist, fand unser erstes Treffen statt. Mein Vater ist ein toller Mann und es gab von Anfang an eine Verbindung zwischen uns. Er wusste damals nicht, dass Mum ein Baby erwartete, und ging zurück auf die Ranch seiner Eltern. Heute lebt er noch immer auf der kleinen Farm, die in der Nähe von Dallas liegt. Dank Maddox Recherche bekam ich nicht nur einen Vater, sondern auch zwei Halbbrüder, die ich jetzt immer besser kennenlerne. Aber nicht nur das, die Frau meines Vaters ist ganz bezaubernd und ich verstehe mich richtig gut mit ihr. Mit meiner Mum habe ich auch wieder gelegentlichen Kontakt. Sie macht eine Therapie und arbeitet an ihrer Krankheit. Ich hoffe, dass sie eines Tages ein Leben führen kann, das nicht mehr vom Alkohol geprägt ist.

Erneut boxt mein kleiner Sohn gegen meine Hand. Schmunzelnd stupse ich leicht zurück und werde dafür mit einem weiteren Tritt belohnt. Trotz meiner harten Kindheit werde ich alles daransetzen, meinem Sohn die beste Mum zu sein. Tipps kann ich mir jederzeit von meiner großen Schwester Summer abholen. Ihre kleine Prinzessin Isabella ist fast ein Jahr alt und ein wahrer Sonnenschein.

Langsam beginnt sich Luke neben mir zu strecken und wach zu werden.

»Na, ausgeschlafen?«, frage ich und streichle durch Lukes Haar.

»Klar, guten Morgen, Schatz«, nuschelt er und küsst mich liebevoll auf meine Lippen.

»Hier, spür mal«, sage ich und lege Lukes Hand auf meinen Babybauch. Unser kleiner Sohn strampelt kräftig gegen Lukes Hand.

»Es ist so aufregend, seine kleinen Tritte zu spüren«, sagt Luke und küsst sanft meinen Bauch, ehe er mich mit einem sanften Lächeln betrachtet.

»Ich glaube, wir haben heute keine Termine«, sage ich und klettere auf Luke.

»Du meinst, wir können den Vormittag im Bett verbringen?«

»Genau das, habe ich vor«, hauche ich und bedecke Lukes ganzen Körper mit Küssen.

»Ich habe noch eine Überraschung für dich«, sagt Luke und steigt aus dem Bett. Er schlüpft in seine Boxershorts und zieht sich ein T-Shirt über seinen Oberkörper.

»Eine Überraschung? Spann mich nicht so auf die Folter«, bitte ich und krabble aus dem Bett. Ich schlüpfe in meinen Bademantel und kuschle mich an Luke.

»Sag schon, was ist die Überraschung, du weißt doch, dass ich so neugierig bin.«

»Gut, ich werde dich nicht länger auf die Folter spannen. Ich habe etwas für unser Baby vorbereitet, komm, ich möchte es dir zeigen.« Luke führt mich zu einem ehemaligen Gästezimmer, schließt die Tür mit einem Schlüssel auf und präsentiert mir das fertige Kinderzimmer. Mein Blick wandert durch ein wunderschön dekoriertes Kinderzimmer, das in allen Ecken so viel Liebe ausstrahlt. In der Mitte des Raumes steht ein Gitterbett, mit einer Spieluhr. Auf einer Seite ein Wickeltisch samt Kleiderschrank und auf der anderen Seite reihen sich erste Spielsachen und eine kleine Sitzmöglichkeit aneinander. Das Zimmer ist in einem warmen Gelb gestrichen und kleine Bären zieren die Wände. Ich liebe das Zimmer und vor lauter Rührung bahnen sich Tränen ihren Weg. *Schwangere Frauen sind voller Hormone,* denke ich schmunzelnd.

»Es ist perfekt, ich liebe es. Luke, das ist die schönste Überraschung.« Überschwänglich falle ich ihm erneut um den Hals und drücke einen Kuss auf seine Lippen.

Ende

DANKSAGUNG

Ein Buch entsteht nicht von heute auf morgen. Ein Buch ist viel harte Arbeit, aber noch mehr gelebte Leidenschaft. Figuren wachsen und dürfen dank der Magie der Buchstaben und Worte eine wunderschöne Reise erleben. Erst durch euch, meine treuen Testleser, ist das Buch das geworden, was es heute ist. Ein Liebesroman mit ganz großen Gefühlen, die hoffentlich ganz lange für ein gutes Gefühl sorgen.

Ein großes Danke gilt hier meinen Testlesern: Anika, Alicia, Nadine, Natalie, Lena, Marie und noch ganz viele andere, die mich in allen Belangen während des Schreibens unterstützt haben und mir immer wieder neue Impulse gaben. Dank euch, ist das Buch heute das, was es ist. Ich danke euch von ganzen Herzen für das Vorablesen und eure konstruktive Kritik.

Herzlichen Dank an meine liebste Buchbetreuerin. Danke, dass du mir immer wieder hilfst, das Beste aus der Geschichte rauszuholen und mit mir die Ideen immer wieder durchgehst :) Ich bin so dankbar, dich an meiner Seite zu haben. Du streust über jedes Buch so viel Glitzer, ich liebe es!

Und auch dir lieber Leser möchte ich für das Lesen meines Buches danken.

Eure Patricia Christina

BONUS EPILOG

SAM – GOLDEN RETRIEVER

Also, ich habe schon ziemlich Glück mit meinem Frauchen und mit meinem Herrchen. Da kann ich mich wirklich nicht beschweren. Mein Frauchen kann bei Leckerlis nicht *Nein* sagen. Man könnte behaupten, ich bin ihr Goldstück. Ich bin aber auch wirklich süß. Meine dunklen Knopfaugen, meine süße dunkle Stupsnase und meine hellblonden Locken machen mich allein schon optisch zu einem Traumhund. Neben meinem guten Aussehen besitze ich einen tollen Charakter und werde von meiner Menschen-Mama und meinem Menschen-Papa immer gelobt.

Dabei fing mein Leben gar nicht so schön an, wie man jetzt denken könnte. Mein Menschen-Papa fand mich schlafend vor einer Mülltonne, direkt hier am Strand. Ich war noch so klein, keine 5 Wochen alt und hatte solchen Hunger. Ich weiß gar nicht mehr, wie lange ich schon hier lag, ich weiß nur, dass ich so einsam war. Wie ich hierhergekommen bin, weiß ich nicht. Ich schlief in einem Hundekorb und plötzlich packte man mich und steckte mich in ein dunkles Gefängnis. Es ruckelte und ich war ziemlich ängstlich. Irgendwann erwachte ich dann dort und war ganz allein. Ich jaulte und winselte, aber niemand kam – bis ich irgendwann einschlief und plötzlich mein Menschen-Papa vor mir stand. Meine Menschen-Mama verliebte sich sofort in mich. Ich bekam alles, was ich brauchte und wurde so ein starker toller Hund, wie ich es heute bin. Wir drei verbringen so viel Zeit wie möglich zusammen und sind ein richtig tolles Team. Die beiden lieben mich, sehr sogar, sie verzeihen mir sogar, dass ich manchmal vor lauter Freude die Schuhe meines Menschen-Papas anknabbere.

Wenn meine Menschen-Mama in ihre Arbeit muss, dann nur in ihren tollen schicken Kleidern und ihren High Heels. Wenn sie so am Morgen unser Zuhause in New York verlässt, dann benimmt sich mein Menschen-Papa, wie ich, wenn ich eine wunderschöne Hundedame im Park treffe – er läuft ihr bis zum Ausgang nach und küsst sie ganz stürmisch. Ich darf meinen Menschen-Papa in seine Arbeit begleiten. Ich sag es euch, die Ladys dort stehen auf mich. Ich bin aber auch ein toller Bursche.

Aber auch mein Frauchen benimmt sich oft als wäre sie läufig, ja, bei uns nennt man das so. Wenn mein Menschen-Papa Sport macht und sein T-Shirt auszieht, um mit seinen Muskeln zu prahlen, schmiegt sich meine Menschen-Mama lieber an mein Herrchen als an mich. Das macht aber nichts, ich weiß ja, wer hier tatsächlich der Boss ist.

Nur abends, da wollen die beiden allein Zeit im Bett verbringen. Ich frage mich ja immer, was man da alles so machen kann in einem Schlafzimmer ... Manchmal versuche ich zu lauschen und lege mich direkt vor die Tür, aber solange ich ausgiebige Streicheleinheiten bekomme, bin ich der glücklichste Hund auf Erden.

Und ratet mal wer die Ringe zum Altar bringen durfte? Ich! Mein Herrchen hat fleißig mit mir geübt, damit meine Menschen-Mama ja nichts mitbekommt. Ich sag es euch, sie hat Augen gemacht und ich habe mich sehr gefreut.

Euer Sam

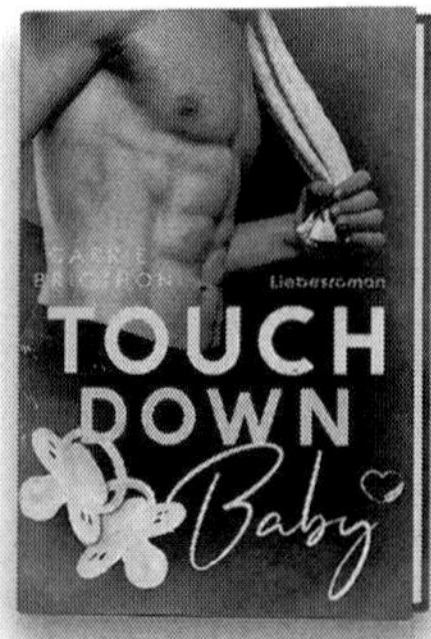

Er ist heiß. Check.
Er ist sportlich. Check.
Er ist Single. Check.
Er ist der perfekte Kandidat.

Cayce fällt aus allen Wolken, als sie ihren Verlobten mit einer anderen Frau erwischt. Ihr Lebenstraum von einer glücklichen Familie zerbricht in wenigen Sekunden in tausend Scherben. Alles war bis ins kleinste Detail geplant, vom Hochzeitstermin bis zu der Anzahl der zukünftigen Kinder. Nun steht sie vor den Trümmern ihrer Zukunft.
Doch einen Wunsch will Cayce nicht aufgeben: Sie möchte ein Baby, und wer sagt, dass man dazu einen Ehemann braucht?

Bei Steel McNamara ist nicht nur der Name Programm.
Der Quarterback der Chicago Wolves ist ein Mann aus Stahl: muskelbepackt, ein echter Womanizer und höllisch attraktiv.
Als die beiden sich begegnen, kommt eins zum anderen und sie verbringen eine heiße Nacht miteinander.
Doch was geschieht, wenn Steel herausfindet, dass die gemeinsame Nacht voller Leidenschaft keineswegs so zufällig war und auch noch ungeahnte Folgen hatte?

Umzug in eine neue Weltmetropole.
Märchenhafter Luxus aus 1001 Nacht.
Ein Rockstar und ein dunkles Geheimnis.

Als die junge Modejournalistin Sherry New York den Rücken kehrt, hat sie so viele Pläne wie Träume. Sie will einen Neustart wagen und alles hinter sich lassen, ein für alle Mal. Doch als sie auf Rockstar J trifft, gerät ihre Welt schneller aus den Fugen, als ihr lieb ist. Johnny Taylor ist nämlich nicht nur Leadsänger der gerade angesagtesten Rockband, er ist auch ihre alte Jugendliebe. Eine Liebe aus einem Leben, das sie vor langer Zeit hinter sich lassen musste.
Die Gefühle flammen wieder auf, und für Sherry beginnt ein riskantes Spiel mit dem Feuer, denn sie gefährdet nicht nur ihre neue Identität, sondern weckt auch einen alten Feind. Ehe sie realisiert, wie ihr geschieht, ist sie aufgeflogen und ahnt nicht, dass sich der Killer bereits in unmittelbarer Nähe befindet ...

Sammle Herzpunkte und sichere dir

kostenlose Wunschbücher

Du hast Lust, Feedback zu den Verlagstiteln des Federherz Verlages zu geben? Du möchtest dabei Punkte sammeln, von denen du dir in regelmäßigen Abständen Wunschbücher aussuchen kannst?

Dann mach mit beim Herzlesen. Alles, was du dafür brauchst, ist ein Konto auf unserer Federherz-Homepage. Sobald du dieses hast, kannst du direkt damit loslegen, Herzpunkte zu sammeln.

Wir freuen uns, bald mehr von dir zu lesen!

Dein Federherz Verlag